Bloedspoere van Wraak
Novelle deur Susan Tosen

Sinopsis:

Na 'n hele reeks moorde op 'n baie klein dorpie in die Karoo, het Zaine en sy kollega in die speurdiens, Maddy, hulle hande vol om die moordenaar op te spoor en aan te keer. Daar is twee keer 'n aanslag op Maddy se lewe en Zaine moet die hulp van die kaptein aanvaar om alles te probeer oplos. Die moordenaar is slim en speel 'n fyn spel en na twee valse arrestasies, kry Zaine eindelik die deurbraak wat hy gesoek het en kon hy die skuldige eindelik aankeer maar met 'n draai van die verlede wat hom soos 'n spook volg. Met Teresa, op wie hy verlief raak, en die ander slagoffers wat met hulle lewens ontkom het se hulp, is die moordenaar gevonnis. Zaine moet nou die spook uit sy verlede hanteer. Die verhaal is vol kinkels en draaie en sal die leser twee keer laat dink om gevolgtrekkings te maak wat later verkeerd kan wees.

17 Hoofstukke 28879 Woorde

Die Gratis Storie Tydskrif reeks
Boek 9

Alles hier: https://storietydskrif.home.blog

Ons PDF storietydskrif bied:
Weeklikse gratis vervolgverhale.
Oorsig van die skrywers, verhale en uitgawes.

Die boeke is beskikbaar in ons aanlyn boekwinkel.

Eerste uitgawe 2021
Paperback ISBN: 9798737858827
Omslag verskaf deur Gert van Jaarsveld

Bloedspore van Wraak

Hoofstuk 1

Maddy en Zaine buk saam oor die meisie se lyk terwyl hulle die omgewing by haar met hulle oë fynkam.

"Dit is nie 'n mooi gesig om te sien hoe 'n jong lewe so tragies tot 'n einde gekom het nie. Sy is die derde een die week en soos dit op die oog af lyk, is dit dieselfde moordenaar met wie ons te doen het."

Maddy frons en knik. "Hy is slim want weer eens is daar tekens dat sy aangerand is en onteer is. Daar is egter geen spermselle binne of buite haar te sien nie. Ons sal maar moet wag om te hoor wat die ou kwak vir ons kan vertel. Kom, ons stap bietjie rond en kyk of ons iets interessants kan vind."

Hulle kom beide orent en stap in die rigting van die digte bosse terwyl hulle noukeurig om hulle rondsoek na enige voorwerpe wat lig op hierdie saak kan werp. Zaine sug en gooi sy hande in die lug uit frustrasie.

"Weer eens niks! Geen voetspore nie; geen teken van enige leidrade wat ons kan volg nie!"

Maddy kyk op na hom met groot oë. Hy is reg! Sy voel ook gefrustreerd. Daar is absoluut niks wat hulle vind om te help met hulle ondersoek nie.

"Kom, ons gaan terug na die moordtoneel en kyk daar rond. Ons móét net iets hier vind vandag! Ons kan nie altyd met leë hande na die kantoor terugkeer nie!"

Hulle stap terug en gaan weer op die plek staan waar die meisie gelê het.

"Ek gaan hier rondkyk. Begin jy in daardie rigting soek. Die son is reeds besig om te sak en dit lyk of dit gaan reën ook. Ons moet iets vind voor die kaptein ons weer invlieg!" Maddy knik net en stap in die rigting waarheen hy gewys het met 'n diep frons op haar voorkop. Sy weet dit is nutteloos om aan te hou soek, maar hy is reg. Hulle moet iets vind wat hulle aan die kaptein kan wys.

Zaine staan op die een rots waar 'n groot afgrond voor hom wegsak en hy kyk oor die wêreld onder hom. Tot dusver is elke lyk in 'n ander omgewing gevind en telkens was daar geen spoor van die onbekende wreedaard nie. Selfs die lyke is skoon gewas en dit slaan hom dronk. Hoekom 'n lyk was en dan net so los om gevind te word? Sou die moordenaar eers seker maak dat alles afgewas is voor hy die toneel ongesiens verlaat? Hy draai om. Die meisie is wreed om die lewe gebring. Soos die ander, is sy herhaaldelik gesteek met 'n dun, vlymskerp voorwerp, onteer en dan gewas. Selfs haar naels en hande is skoon geskrop. Zaine skud sy kop toe hy Maddy op die toneel sien staan waar sy op hom wag. Hy sien hoe haar skouers sak en weet haar soektog het ook niks nuuts opgelewer nie.

"Nou! Hoe de duiwel kan julle niks vind wat julle kan gebruik vir 'n leidraad nie? Niemand vermoor hom- of haarself self en laat niks agter nie! Gaan soek tot julle iets kry! Soek op die grond vir wielspore, skoenspore; enige iets! Weg is julle!"

Zaine en Maddy stap uit en by die ingang gaan hulle staan om eers diep asem te haal.

"Kom ons gaan soek maar weer waarna die kaptein so herhaaldelik bly vra." Hulle ry teen die pas op en hou op die plek stil waar die meisie gevind is. Met hulle oë op die grond, loop hulle in wye sirkels om na enige tekens te soek. Zaine roep na Maddy.

"Ek dink jy moet hier kom kyk. Dit lyk na iets."

Hy buk af en hou die dowwe sleepmerke stip dop. Slim, baie slim! Hy het alle spore doodgevee met takke! Maddy kniel langs hom neer en merk die deeglike veemerke op.

"Ons het hier met iemand te doen wat weet hoe om van alle bewyse ontslae te raak."

Hulle neem foto's en gaan weer by die motor staan.

"Ons moordenaar weet hoe om sy spore dood te vee. Nie eers 'n druppel bloed of enige aanduiding dat hy hier teenwoordig was nie. Kaptein gaan 'n aar bars maar ons het gedoen wat hy gevra het en iets gekry om sy mond vir 'n wyle te snoer."

Terug by die kantoor is dit juis wat die kaptein doen. Hy is stil toe hy na die foto's van die veemerke op die grond kyk.

"Ag nee, tog! Dit bevestig my vrese dat ons met iemand te doen het wat weet waarna ons soek en hoe om dit te vernietig. Dis 'n slim, ingeligte man met wie ons te doen het. Dalk 'n polisieman nog! Nou goed, die outopsieverslag het gekom. Gaan hoor wat ons liewe ondersoeker te vertelle het oor die meisie."

Hulle knik en stap deur die lang gange na die lykshuis. Die pataloog wag reeds op hulle en sonder om hulle te groet, begin hy met sy verslag. Zaine en Maddy voel hoe al hulle hoop in die niet verdwyn. Hulle weet nou wat die moordwapen behoort te wees, maar hoe vind jy die regte een as daar so baie beskikbaar is? Om iets soos 'n fiets se speek te vind, gaan moeiliker wees as wat hulle gehoop het.

Dit is reeds kort voor middernag toe Zaine se foon skielik begin lui op die bedkassie. Deur die slaap steek hy sy hand uit en antwoord met 'n sleeptong.

"Zaine, hallo. Wat gaan aan?"

Hy luister na die saaklike stem en vryf sy oë. "Goed, ek is nou daar. Laat weet net vir Maddy, asseblief."

Hy gooi die komberse van hom af en vryf met sy hande oor sy gesig. Later stop hy op die toneel en kyk om hom rond.

"Hier is vir jou nog 'n jong meisie. Kyk maar self wat jy kan sien."

Hy knik en buk by die nuwe slagoffer. Sy is skaars sewentien jaar oud! Haar liggaam is op dieselfde manier uitgelê as die vorige drie slagoffers. Weer is daar die skoon reuk van seep of ontsmettingsmiddel. Die blonde, lang hare is netjies uitgekam en weer is daar geen teken van haar klere nie. Sy is ook onteer en daar is dieselfde klein merkies wat diep gate in haar jong liggaam gemaak het. Hierdie keer is haar naels kort geknip en dit is onlangs gedoen. Die punte is nog rof en nie glad geveil soos die ander s'n nie. Dus het sy teruggeveg en stukkies van die moordenaar se vel onder haar naels gekry. Selfs haar toonnaels is kort geknip.

Hoekom haar hande en voete so deeglik skrop? Maddy sluit by hom aan en hy groet haar vinnig. Hy wys haar sy bevindings en sy knik.

"Dit is die eerste keer dat hy dit doen. Dit kan net een ding beteken. Sy het met alle mag terug geveg. Dus, hy het 'n paar krapmerke opgedoen. Waar begin ons soek as hierdie toneel net so skoon is soos die ander?"

Zaine skud sy kop en staan op. "Dit weet ek nie, vriendin, maar ons moet baie vinnig iets vind. Om sulke jong meisies so te sien, maak my woedend! Kom ons fynkam die area weer."

Sy knik en hulle begin met hulle soekligte orals soek.

"Zaine, hier! Maak tog net gou!"

Zaine begin vinnig in haar rigting stap en sien hoe sy op haar hurke sit terwyl sy na iets kyk op die grond.

”Kyk hier!”

Hy buk af en kyk na waar sy wys. Dit is meer as 'n gelukskoot! Hy roep die ondersoekbeampte nader en vra vir gips wat aangemaak is.

Hulle staan moeg voor die kaptein.

”Dit is wat ons wel kon kry. Net 'n gedeelte van 'n skoen se afdruk. Lyk of hy haastig was om weg te kom want die liggaam was nog nie heeltemal koud nie. Sy was nie vir lank daar gewees nie. Iemand het hom gesteur. Ons wag nog vir die verslag sodat ons kan weet of dit dieselfde moordenaar is of nie. Kaptein, ons het meer manne nodig met hierdie saak. Ons het nie met 'n gewone misdadiger te doen nie! Asseblief! Kry vir ons iemand wat in hierdie sake spesialiseer.”

Die kaptein sug en knik voor hy sy hand lig om hulle te laat gaan.

Die dokter bevestig wat Zaine opgemerk het toe hy by die meisie gekniel het. Sy het verbete terug geveg en dit het die moordenaar baie kwaad gemaak. Hy kon egter geen vel onder enige naels vind nie. Dit beteken hy het handskoene gedra.

In dié dorpie is dit ongewoon dat sulke moorde plaasvind want die gemeenskap is maar klein. Hierdie meisie is ook nie plaaslik nie, sy kom uit Pretoria en het haar ouma kom besoek in die skoolvakansie. Hier is nie veel te doen vir jongmense nie en die naaste dorp waar hulle wel joligheid kan kry is so veertig kilometer van hier af. Zaine frons toe hy hoor dat daar wel sterk drank in haar sisteem gevind is. Dus, sy het seker saam met van haar vriende uitgegaan en dit was die laaste keer wat sy die lewe geniet het.

“Kan u ons enige iets vertel wat ons kan navolg, mevrou Steyn?”

Maddy se stem is sag en sy hou die gryskopdame voor haar stip dop. Die verrimpelde hande en gesig spreek duidelik van hartseer en skok.

”Al wat ek kan onthou is dat sy by haar een vriendin gaan kuier het en dat sy ná middernag sou terug wees. Die vriendin se naam is Stienie en sy bly 'n blok van my af.”

Maddy knik stil na sy die volledige adres neergeskryf het.

”Dankie, mevrou Steyn. Ek is werklik jammer. Ek sal doen wat ek kan om te help met al die reëlings.” Sy druk die ou dame styf teen haar vas en kyk op na Zaine. Hy knik en hulle stap saggies na buite. Hy kan nie hierdie hartseer hanteer nie.

Maddy sluit by hom aan en skud haar kop. "Sy vat dit maar hard. Dit breek my hart om 'n oumens in soveel trane te sien. Kom ons gaan vra die vriendin wat sy weet." Zaine knik en hulle trek weg.

"Mevrou, ons moet met u dogter gesels oor haar vriendin. Enige inligting wat ons nou kan vind, kan ons help om die skuldige vas te trek."

Die swartkopvrou met die helderste blou oë kyk haar streng aan.

"My dogter is nie hier nie! Sy is saam haar vriendin uit en is nog nie terug nie. Hulle het na die winkelsentrum op die dorp gegaan. Sodra sy terug is, sal ek dat sy julle kontak."

Zaine haal 'n kaartjie uit en knik sy kop. "Dankie, Mevrou. Hier is ons nommers. Asseblief, dit is dringend." Hulle draai om en klim in die motor.

"Kom ons parkeer 'n entjie van die huis af en kyk hoe laat die dogter by die huis kom. Iets is nie reg nie! Die moeder het heeltemal te kalm gelyk nadat sy die nuus ontvang het."

Maddy knik en hou 'n ent van die huis af stil. Hulle wag in stilte en toe die son reeds gesak het, trek 'n motor by die oprit in. Slegs 'n man klim uit en verdwyn in die huis. Zain stap vinnig na die voordeur toe. Voor hy nog kan aanklop, bulder 'n stem van binne.

"Nou waar is sy dan! Hoe laat het sy jou laaste gekontak!? Praat vroumens! Nee wat, jy is nie die naam ma werd nie! Jou dogter is die hele nag en dag uit en jy het nog niks van haar gehoor nie! Hemel, is jy dan so dof om nie bekommerd te raak nie!?"

Zain staan stil geskok in die dowwe stoeplig.

Hy herken die stem!

Hoofstuk 2

Zaine wag eers vir die bekende stem om te bedaar voor hy liggies aanklop. 'n Man in 'n donker pak klere maak die deur oop. Sy hare wanordelik en kommer is duidelik op sy gesig te lees.

Zain maak sy keel skoon. "Jammer, Kaptein. Ek hoop nie ek pla nie."

Die man voor hom skud sy kop en tree na binne. "Nee, Zaine. Kom gerus in. Sit, ek is nou by jou."

Zaine knik en gaan sit. So, dit is waar Ke aptein bly! Geen wonder almal het al onderlangs begin praat oor die kaptein se geheimsinnigheid oor waar hy bly nie. Verder is die kaptein baie onsosiaal en formeel. Selfs sy naam is net Kaptein soos sy rang. Zaine twyfel of iemand sy voornaam ken.

Die kaptein kom ingestap en gaan met 'n glasie brandewyn oorkant hom sit. "Jy is seker hier om met my dogter te praat. Ek weet nie meer wat om te dink nie. Sy is gisteraand saam vriende hier weg en is nog nie terug nie. Nadat ek verneem het wie die meisie is wat laasnag gevind is, het ek nie geweet wat om te dink nie. Stienie is nog nie hier nie en my vrou is ook nie veel gepla oor waar haar dogter is nie."

Zaine knik en hou hom stil dop. "Het Kaptein al met haar in verbinding probeer tree?" Hy knik net en vryf met sy hande oor sy gesig. "Ek kry net haar stembus. Ek weet net sy is saam 'n ou hier weg met 'n swart Ford Sierra. Dit was te donker om die hele nommerplaat te sien, maar dit begin met JGH. Die ou het ek ook nie heeltemal gesien nie, behalwe dat hy fris gebou is en swart klere aangehad het. Meer kan ek jou nie vertel nie."

Zaine knik en staan op. "Dankie, Kaptein, ek hou u op hoogte sodra ek iets uitgevind het. Sodra u van u dogter hoor, kontak my dadelik asseblief."

Die kaptein knik net en staan op, stap agter hom aan en groet hom by die deur.

"Doen alles wat jy kan om my dogter op te spoor. O ja, hier is haar foto, anders gaan jy nie weet hoe sy lyk nie."

Hy neem die foto. "Dankie, Kaptein."

Hy sluit by Maddy aan met 'n frons steeds tussen sy oë en hoor nie dadelik dat Maddy met hom praat nie.

"Hoor jy ooit 'n woord wat ek nou vir jou gesê het? Waar is jou gedagtes? Kon jy met die man praat?"

Zaine knik net en trek weg. Bedags is die kaptein in sy uniform en is hy bykans onherkenbaar in siviele drag buite die kantoor. Hoekom probeer hy sy identiteit so geheim hou? Sou dit wees omdat hy 'n snaakse vrou het? Zain skud sy skouers.

"Nee, ek wonder maar net oor alles. Dis die kaptein se huis dié en sy dogter is ook weg."

"Nooit!" Maddy is verstom.

Hy hou by die disko stil en trek sy vingers deur sy hare.

"Kom, ons het werk om te doen. Moet geen vrae nou vra nie want ek weet nie wat om jou te antoord nie. Volg my net en skryf alles neer wat aan ons vertel word. Ek hoop hulle het sekuriteitskameras hier want ek wil graag na die opnames kyk. Ja, toemaar, ek verstaan ook nie veel wat aangaan nie maar ek hoop ek sal gou antwoorde vind."

Maddy pruil net haar mond en volg hom. Binne is die geraas erg en hulle kan mekaar skaars hoor. Hy gaan voor die toonbank staan en hou die manne agter die toonbank stip dop. Na 'n lang ruk kom daar 'n jongman na hulle kant toe en hy vra dadelik om die bestuurder te sien. Hy sien die skrik op die jong gesig en grynslag.

"Ek is van die speurafdeling en ek wil hom 'n paar vrae vra. Dit het niks met jou diens te doen nie. Inteendeel, ek kan sien julle is baie besig en jy is hard aan die werk."

Die jongman knik net en stap na 'n kantoor links van die toonbank. Hy keer terug en wink hulle nader. Zaine bedank hom en stap die kantoor binne gevolg deur Maddy. Hulle haal hulle identiteitskaarte uit en wys dit vir die bestuurder voor hulle gaan sit. Die middeljarige man kyk hulle stip aan en gee hulle kaarte terug.

"Wat kan ek vir u doen?" Zaine haal die foto's uit sy binnesak en sit dit op die tafel voor hom neer.

"Kan u my vertel of die twee meisies gisteraand hier in u plek was?"

Hy sien die man se oë rek en terwyl hy stip na die gesigte van die twee meisies kyk, sien Zaine hoe hy verstyf voor hy opkyk.

"Hulle is duidelik onder agtien, dus, hulle sou nie hier kon gewees het nie omdat ek 'n streng ouderdomsbeperking het hier. Mag ek vra hoekom u na hulle soek?"

Zaine grynslag en knik sy kop.

"Ja, hulle is minderjarig maar met 'n bietjie toorkunsies kan hulle baie ouer lyk as wat hulle is. Die een is vermoor en die ander een word vermis. Mag ek vra of u enige sekuriteitskameras hier het en mag ek na die opname van gisteraand kyk, asseblief?"

Hy sien hoe die man skrik as hy weer na die foto's kyk. "Ja, ek het kameras. Volg my asseblief."

Zaine en Maddy stap saam na die rekenaarkamer waar hy die beeldopnames van die vorige aand oplaai en dan wegtree sodat Zaine kan gaan sit. Zaine begin by die tyd wat die plek oopgemaak het en kyk deur die opnames tot hy die vier persone sien ingaan. Hy stop die beeld en kyk vas in Stienie se gesiggie wat glimlaggend opkyk na die man langs haar.

"Hier is die een meisie en daar is die ander meisie wat ons dood gevind het. Is daar enige manier wat u vir ons hierdie beelde kan uitdruk?"

Die man knik net terwyl hy by Zaine oorneem. Hulle stap uit en Zaine bedank hom nadat hy deur die beelde verder kon kyk en kon sien hoe laat hulle die plek verlaat het en met wat se motor hulle gery het. Die swart Sierra se registrasienommer is duidelik sigbaar. Maddy het alles neergeskryf en in die motor doen sy navraag oor die radio na die identiteit van die motor. Kort voor lank het hulle die adres en hulle beweeg in daardie rigting.

Zaine is nog steeds onseker oor hoe hy die kaptein hieroor gaan inlig.

Voor die huis wat duidelik beter dae geken het, hou hulle stil. Daar is geen ligte aan nie en dit lyk nie of hier iemand tuis is nie. Zaine klim uit en Maddy volg. Die voordeur staan wawyd oop en die vloer kraak toe Zaine binnestap. Geen meubels in die eerste vertrek of die tweede nie. Die derde kamer is toe en Zaine voel of dit gesluit is. Die deur glip skielik oop en in die maanlig wat deur die venster insypel, staar hulle geskok na die toneel voor hulle.

Hulle het so pas vir Stienie gevind en dit is nie 'n mooi gesig nie!

Zaine stap nader en tel die slap hand op om te voel vir 'n pols, maar dit is reeds te laat. Haar koue hand vertel hom dat sy al baie lank hier lê. Sy is sonder 'n draad klere en dit ruik of sy onlangs met onsmettingmiddels gewas is. Hy knyp sy oë toe en laat sy kop sak. Die moordenaar wou dat hulle haar hier vind! Hy het dit so beplan! Die adres is vals, dus, die nommerplate is ook vervals.

Maddy het reeds die voorval aangemeld en hulle fynkam nou die huis vir enige leidrade voor die forensiese span opdaag. Hy weet die kaptein sal nie wegbly nie en gee opdrag aan die manne om hom nie dadelik toe te laat nie.

Hulle staan met van die bewysstukke in sakke toe die kaptein luidrugtig met 'n gebulder daar instorm. Zaine lig sy hand en knik voor hy in die kaptein se rigting stap.

”Kaptein, dit is nie 'n mooi toneel nie. Sy is erg vermink en onteer. Ons is besig om die plek van bo tot onder te deursoek vir enige leidrade. Kom, ek neem jou na Stienie toe, maar asseblief, ek waarsku weer, dit is nie 'n mooi gesig nie.”

Zaine hou die kaptein dop en sien die spanning oor die sterk gesig trek. Hy sien ook dat hy inmekaar loop en nie weet wat om te verwag nie. Hoe sou hy optree sou hy sy dogter se lyk moes uitken? Skielik is die sterk gesig soos graniet en Zain gryp die kaptein net betyds voor hy grond toe sak. Maddy is ook vinnig by om hand te gee en saam lei hulle die kaptein na buite.

”Sorg dat julle die vuilgoed kry wat dit aan haar gedoen het!” sis hy deur stywe lippe voor 'n konstabel in uniform hom weglei na sy motor. Zaine kyk die kaptein agterna en skud sy kop. Sal hy ooit die mensdom verstaan?

Zaine en Maddy is vroeg die volgende oggend in die kaptein se kantoor en kyk na 'n man wat geen gevoelens wil wys nie. Hy is hardkoppig en wil niks daarvan weet om 'n paar dae af te vat sodat hy oor sy dogter kan treur nie. Inteendeel, hy sit met sy gesig uitdrukkingloos na hulle en kyk.

”Julle het genoeg bewysstukke gevind wat ontleed kan word. Sodra julle iets het om na te volg, doen dit. Die gemeenskap raak nou angsbevange en ons wil nie 'n bang gemeenskap om ons hê nie. Die kinders weier nou om skool toe te gaan en die winkelsentrum is leeg. Die strate raak nou stil en daar is geen kinders meer in enige van ons parke nie. Besighede lei skade omdat alles tot stilstand gekom het. Gaan nou en doen wat daar van julle verwag word!”

Sy stem is emosieloos en Zaine sien die strak gesig wegkyk na buite voor hulle die kantoor verlaat. Maddy vat sy arm toe 'n sagte sug hom ontsnap. Hy kyk na haar en knik sy kop.

Ja, hy is diep bekommerd oor die kaptein.

Hoostuk 3

Jay sit steeds na niks en kyk terwyl hy Stienie se liggaam weer voor hom sien. Hy bal sy vuiste en dink aan Mariaan wat nog steeds geen duit voel nou dat hulle enigste dogter deur iemand vermoor is nie. Hy kon nog nooit die oorsaak van sy mislukte huwelik deurgrond nie. Alles het so mooi en goed begin. Hulle het soveel drome gehad. Dalk is dit sy werk. Dalk was dit al die aande wat sy alleen moes bly terwyl hy speurwerk gedoen het. Hy weet nie, maar sy het haar onttrek in toegespin in haar eie klein wêreldjie waarin selfs haar dogter nie kon deel nie.

Dalk weet hy. Dalk wil hy dit net nie erken nie. Die rykmansdogter wat noodgedwonge in 'n klein dorpie moet leef. Wat neersien op die mense. Wat graag in die groot stad, naby supermarkte, teaters en in 'n duur woonbuurt by haar stinkryk bure wil spog.

Hy wring sy hande saam. Sedert hulle huwelik het soveel dinge verander. Hy self ook, dit weet hy. Hy het 'n baie privaat mens geword.

Hy wil graag self in die veld gaan om na die skuldige te soek en hom sélf die straf toedien wat hy behoort te kry. Hy tel die foon op en skakel die lykshuis.

"Kan ek gou oorkom? Ek wil sélf met jou kom praat."

Pottie, die patoloog, hoor die dringendheid in die stem en sluk swaar. Hierdie is heeltemal te na aan die huis en hy is bevrees die kaptein gaan dinge aanvang wat hom later duur te staan kan kom.

Hy antwoord teensinnig. "Ja, kom oor maar ek het nie baie tyd om te staan en ginnegaap nie."

Sonder enige reaksie hoor hy die foon in sy oor doodgaan. Hy haal sy skouers op en sit die foon neer. Hy weet hy kan die kaptein nie keer nie. Hy is die bevelvoerder en hy wat Pottie is, mag niks terughou wanneer hy iets vra nie.

Jay staan lank stil na sy dogter en kyk. Pottie gee hom die volledige verslag en sien hoe elke aartjie in sy slape spring.

"Dit is al wat ek gevind het. Sodra ek meer vind, sal ek jou dadelik laat weet."

Jay skud sy kop. "Nee, laat weet vir Zaine. Ek het wat ek wou hê en dit help reeds baie. Ek sal regkom van hier af. Al wanneer jy my kontak, is wanneer ek haar kan kom haal om te begrawe. Zaine is die enigste een wat jy kontak sou jy iets anders ontdek."

Nou kyk Pottie sy vriend lank aan en knik uiteindelik instemmend. "Nou goed. Maar Jay, wees net sterk en moenie iets onverantwoordeliks aanvang nie. Laat Zaine sy werk doen en die skuldige inbring."

Jay knik net en klop hom sag op die skouer. Pottie kyk hom agterna en skud sy kop stadig. Hy weet hier kom nog lelike dinge. Jay is nie iemand om mee te speel nie. Vat aan sy gesin en jy kry wat jou toekom.

Zaine staan op die stoep van die huis waar Stienie gevind is. Nou is dit daglig en hulle kan beter na nog leidrade soek. Die leë bierbottels en plastiekglase is reeds vir ontleding weggestuur. Hy stap die huis binne en voel weer die krieweling teen sy ruggraat afgly. Buite is daar nie juis veel nie. Geen wielspore nie, geen skoenspore nie, niks wat enigsins kan aandui dat hier iemand met 'n motor was nie.

In die eerste kamer sien hy die spatsels teen die mure. Op die vloer is daar 'n donker streep wat na sleepmerke lyk. Hy wink die span manne nader en wys wat hy gevind het. Hy neem foto's en stap uit na die volgende kamer. Selfs hier vind hy ook spatsels en hy neem foto's. Hy vryf sy ken. Maddy is nie vandag hier nie want sy is besig om op 'n ander spoor ondersoek in te stel. Nou wens hy sy was hier want sy sou hom kon vertel wat sy hiervan dink.

In die derde kamer waar Stienie gevind is, lyk dit erg. Dit lyk behoorlik na 'n slagveld en hy ril. Hy begin foto's neem en gee aan die forensiese span oor om hulle ondersoeke te doen.

Hy hoor 'n motor stilhou. Sou Maddy nou hier by hom kom aansluit? Hy stap uit en by die volgende vertrek in. Sou dit sy wees, sal sy wel by hom kom aansluit waar hy ookal is.

Hy kyk vinnig om hom rond en weet nie watter afleidings om te maak nie. Hier is orals tekens van geweld soos die spatsels teen die mure verklap. Die vloer is een donker kol op donker kol en selfs die deur is nie gespaar nie. Hy begin foto's neem toe sy oog iets in die vensterbank opmerk. Hy stap nader en tel die dun metaal op. Daar is duidelik bloed aan en hy ril. Hier hou hy die moordwapen vas, daarvan is hy baie seker.

Dis 'n fietswiel se speek!

Hy begin weer foto's neem en sit die speek in 'n bewyssakkie. Hulle sal baie gou weet of dit die moordwapen was.

Hy hoor stemme. Skielik staan daar 'n man in die deur en Zaine sien hoe hy die vertrek deurkyk. Hy stap nader en kyk hom ondersoekend aan.

"Kan ek dalk help?"

Die man kyk na hom asof hy nie bestaan nie, voordat hy verby Zaine skuur en die vertrek deeglik deurkyk.

"Lyk soos 'n slagpale hier. Naam is Ferdinand. Hierdie huis lyk glad nie van die beste nie. Al die moorde wat tot nou toe plaasgevind het, het hier gebeur. Die moordenaar toets julle om te sien hoe lank julle gaan vat om hom aan te keer voor hy weer toeslaan of tot hy aanbeweeg. Terloops, ek is van die geheime diens. Vertel my, het julle al enige moontlike moordwapen gevind?"

Zaine trap ongemaklik rond en kyk hom onseker en agterdogtig aan. Hy gaan nie nou al vir hom alles op 'n skinkbord gee nie, hy wil eers seker maak voor hy enige iets verder uitlaat. Hy skud sy kop en kyk weg. Hy hoor die man saggies lag en kyk vies na hom.

"Toemaar, ek sal jou die tyd gun om seker te maak of jy die moordwapen gevind het. Ek sal later by jou kantoor wees waar ons rustig kan gesels. Ek sal daarvan hou om met jou en Maddy te praat. Tot wederom."

Zaine sien hoe die man uitstap en knip sy oë. Dit ook nog! Die kaptein gaan niks hiervan hou nie.

Eindelik stap Zaine na sy motor en voel hoe sy maag op 'n knop saamgetrek is. Dit wat hy in hierdie huis gevind het, maak selfs hom bang. Hy trek weg en gaan eers na die laboratorium voor hy na die kaptein se kantoor stap om oor die vreemde man te praat. Hy klop en stap in net om in sy spore vas te steek. Hier sit Ferdinand ewe gemaklik met Kaptein en gesels.

"Jammer om te pla, Kaptein. Kan ek gou met u oor iets praat?"

Hy hou die kaptein stip dop en sien hoe Ferdinand stadig opstaan en in sy rigting grynslag.

"Ek sal buite vir jou wag. Gaan gerus voort."

Hy knik in Kaptein se rigting voor hy by die deur uit verdwyn. Zaine gaan teenoor Kaptein sit. "Wie is hierdie man wat sy lang neus in ons sake kom druk?"

Kaptein kud sy kop. "Die geheime diens het hom hierheen gestuur om te kom kyk wat hier aangaan. Nou toe, wat kon jy uitvind en waar is Maddy?"

Zaine voel hoe koue vingers om sy hart vou. Sy moes al lankal terug gewees het.

Zaine kyk bekommerd na Kaptein en skud sy kop. "Sy het ander spore gaan ondersoek, maar sy moes al lankal terug gewees het. Kaptein, daardie huis is erger as 'n slagpale. Elke vertrek wat ek deurgegaan het, is oortrek met bloed. Ek het ook iets gevind en sodra ek seker is van my feite, sal ek u kom vertel of ons die moordwapen gevind het. Maar hoekom is hierdie vent hier? Ons kan self regkom, al het ek u gevra om vir ons hulp in te roep. Dit was voor ek die huis ontdek het."

Jay knik, sug, staan op en stap na die venster.

"Hy is die hulp. Hy is my broer, dus, neem hom in jou vertroue en hy sal julle help waar hy kan. Hy het baie ondervinding van dié soort misdadigers. Hy sal intree waar ek nie kan inkom nie."

Zaine voel hoe hy yskoud raak en kyk Kaptein geskok aan.

"Jammer Kap…."

Hy sien slegs die agterkant van die Kaptein se hand in die lug opgaan en hy breek stomp af. Hy verlaat die kantoor saggies en wens die aarde wil hom insluk. Wat moet Kaptein nou van hom dink omdat hy sy broer so beledig het?

Zaine sien Ferdinand by sy tafel vir hom wag. Hy stap nader en gaan op sy stoel sit. Maddy se sitplek is steeds leeg en hy kyk bekommerd op na Ferdinand.

"Jammer, maar Maddy is nog nie hier nie. Dit is nie soos sy is nie. Ek raak nou werklik bekommerd. Sy is al vroeg vanoggend hier weg en ek het nog niks van haar gehoor nie."

Hy sien Ferdinand knik en hy tel die foon voor hom op om haar nommer te begin skakel. Skielik is die man se hand oor sy arm en hy sien hoe hy sy kop skud.

"Nie nodig om paniekerig te raak nie. Sy is saam met my kollega en hy het my 'n rukkie terug gekontak om my te laat weet dat hulle uiteindelik op pad is en dat hulle moontlik goeie nuus het. Kom, ek stel voor ons gaan drink 'n koffietjie terwyl ons op hulle wag. Tot hulle kom, kan jy my deeglik inlig. Hy weet waar ek sal wees. Ons kry hulle daar."

Zaine voel hy wil hom aan die keel gryp! Maar Ferdinand is so koel soos 'n komkommer.

Zaine ruk sy baadjie van die stoel se rugleuning af en volg die indringer met bewende hande. Ferdinand se hovaardige houding laat sy bloed kook.

En nou wil hy boonop alles weet!

Hoofstuk 4

Zaine sien haar eerste raak en voel hoe verligting oor hom spoel. Hy was bang dat sy dalk soos die ander slagoffers gevind sou word. Sy glimlag soet en knip haar een oog vir hom.

”Het jy my gemis, ou brompot?”

Tog kom hy agter dat sy effens gespanne is en kyk haar stip aan.

“Ja, ek het amper die taakmag se hulp ingeroep om na jou te gaan soek. Waar was jy heel dag?”

Sy lag saggies en kyk weg. Hy kon die pyn in haar mooi donker oë sien en die kommer wat nou op haar gesig versprei, laat sy rug kriewel. Die sagte stemme en musiek rondom hulle smelt saam en Zaine merk op dat hy tog effens kalmer hier voel as in die besige kantoor. Hy kan nie wag om haar nuus te hoor nie en kyk haar ondersoekend aan.

Lank nadat hulle nuus uitgeruil het en die saak deeglik bespreek het, staan Ferdinand en sy makker op om te vetrek. Zaine kyk na hulle toe hulle wegstap. Iets klink nie vir hom reg nie. Hulle bewerings klink maar baie flou en hy kan nie verstaan hoekom hulle een van hulle eie manne verdink nie. Hy ken meeste van die polisiemanne wat hier werk en nie een vul die moordenaar se skoene nie. Hy kyk na Maddy en sien hoe selfs sy met haar gedagtes speel.

”Wat dink jy? Kan dit een van ons manne wees?”

Sy kyk op na hom en trek haar skouers op. Haar stem is slegs ‘n fluistering toe sy eindelik antwoord. ”Ek weet werklik nie meer wat om te dink nie. Nou ja, tyd vir kinders om in die bed te kom. Hierdie was ‘n lang dag.”

Hy knik en staan op om haar met haar jas te help. Die aande begin nou geniepsig byt en hy wag tot sy reg is voor hy agter haar die eetplekkie verlaat. In die stilligheid bid hy dat daar nie nog ‘n moord plaasvind vannag nie. Hy voel sy kragte is behoorlik getap van al die min slaap.

Vroeg die volgende oggend lui sy foon en Zaine frons. Hy antwoord en voel hoe die bloed in sy are stol.

”Goed, ek is op pad. Maak seker jy kontak Maddy ook en vra haar om my daar te kry.”

Hy sit die foon neer sonder om te wag vir enige antwoord. Hoe is dit dan moontlik? Nog 'n meisie se lyk is gevind, maar dit is nie een van dié gemeenskap se dogters nie. Sy is van die naaste dorp en hy kan nie verstaan hoekom die lyk juis hier gevind is nie. Sou die moordenaar nou moeg geword het en het hy op 'n ander plek sy prooi gaan soek?

Hy ry haastig in die rigting van die pas en hou op 'n oop plek stil. Maddy se motor staan reeds daar. Hy buk en wys sy identiteitskaart vir die man in uniform. Maddy sit by die meisie se lyk en hy kan duidelik sien sy is erg gespanne.

"Kon jy iets wys word?" vra hy sag toe hy langs haar kniel.

Sy kyk nie op na hom nie en haar vertellings is deeglik dog kort. "Selfde as die vorige slagoffers en hierdie keer is dit 'n raaisel. Sy is nie soos die ander geskrop nie en alhoewel sy onteer is, kry ons geen sperms op of binne haar nie. Ons vermoed sy is na middernag hier gelaat."

Hy frons en knik net. "Nou goed, kom ons fynkam die area."

Sy staan op en skud haar kop. "Nie vandag nie. Jy sal sonder my moet klaarkom. Ek het 'n afspraak oor 'n uur wat ek ongelukkig nie kan uitstel nie. Ek sal later by jou aansluit."

Zaine kyk haar geskok aan terwyl sy reeds van hom af wegstap. Haar stem was nie normaal nie en dit het gelyk of sy baie bedruk is. Hy trek sy skouers op en voor hy met die ondersoek kan begin, hoor hy 'n motor stilhou en 'n deur wat hard toeklap. Ag nee, sy hele dag is nou verwoes deur net na die indringer te kyk. Hy wag ongeduldig dat die man by hom aansluit. Vinnig groet hulle en dan gee hy sy vinnige opsomming voor hy omdraai en wegbeweeg. Hy sien uit die hoek van sy oog hoe die Ferdinand agter hom aanstap met sy oë vas op die grond gepen. Na 'n lang ruk hoor hy hoe daar na hom geroep word. Hy beweeg in die rigting waar Ferdinand staan en sien hoe hy by iets buk.

"Kry vir my gips! Hier is bewyse wat ons moet instuur."

Zaine wink vir een man van die forensiese span. Hy neem die gips by hom. Hy kyk hoe Ferdinand die gips oor wielspore uitgiet en dan wag dat dit droog genoeg word om op te lig. Zaine voel weer hoe sy rug kriewel en hy trek sy lippe in 'n dun lyn.

By die kantoor sit Kaptein reeds op hulle en wag. Hy luister na sy broer se vertellings en dan na Zaine. Stadig knik hy sy kop.

”Ons het die swart Sierra vanoggend op ‘n verlate plek gevind. Die motor was skoon geskrop en geen vingerafdrukke of enige iets wat ons die moordenaar se DNS kan gee, kon gevind word nie. Ek het reeds mense na die meisie se huis gestuur om hulle van hulle dogter te gaan vertel en ook te probeer uitvind wie haar opgelaai het. Maddy sal oor ‘n rukkie hier wees dan kan julle haar inlig wat gevind is. Sal jy omgee om ons ‘n oomblik alleen te laat, Zaine? Ek wil gou met my broer oor persoonlike goed praat.”

Zaine knik en is verlig dat hy eindelik die ongemaklike atmosfeer kan verlaat. Hy kan sien dat die twee nie oor alles saamstem nie. By sy tafel sak hy moedeloos in sy stoel neer. Hy sien hoe iemand ‘n beker koffie voor hom neersit saam ‘n geel koevert. Hy frons en kyk die vrou agterna wat dit vir hom kom gee het sonder enige verduideliking. Hy skeur die koevert oop en haal die inhoud versigtig uit.

Sy asem stol in sy keel en hy gooi die foto op die tafel neer. Dit moet ‘n fout wees! Dit kan nie dieselfde persoon wees wat hy ken nie! Hy sien die wit vel papier wat by die koevert uitsteek. Skielik kom sy brein in aksie en hy haal sy handskoene uit die laai voor hy die papier stadig oopvou.

”Kyk goed en kyk mooi dan sal jy die skuldige daar raak sien. Hou op om net te sit en begin om jou werk deegliker te doen. Vind die skuldige voor nog ‘n slagoffer gevind word.” Daar is geen naam by nie en tog staan sy naam duidelik op die koevert uitgetik.

Zaine staan voor die ontleder en wag om te hoor of hy enige iets op die koevert sowel as die vel papier kan vind. Na wat soos ‘n ewigheid voel, kyk die man op en skud sy kop.

”Geen vingerafdrukke of DNS kon ek hierop vind nie. Die foto is ook skoon, maar dit is met ‘n afrolmasjien uitgedruk. Die ink is nuut en op plekke gesmeer. Die persoon het handskoene gebruik want ek kon net die handskoen se smeermerke vind. Jammer Zaine, meer kan ek jou nie juis bied as dit nie.”

Zaine sug en knik sy kop. Hy was dit te wagte, maar wou tog ‘n skoot in die donker waag.

”Ek kan jou wel vertel waar dit geneem is want ek ken die plek baie goed. Dit is die bekende disko in Groot Vallei. Wag, ek skryf dit vir jou neer.”

"Zaine neem die vel papier by die man en knik net voor hy uitstap. Nou om dit op te volg. Hy stap na sy motor en trek haastig weg. Terwyl hy ry, dink hy aan die foto wat hy gekry het. Wie het dit vir hom gestuur?

Voor die disko hou hy stil en klim stadig uit. Die deure is oop en hy vind dit snaaks dat so 'n plek deur die dag ook oop is. Hy stap die gebou binne en teen die trappe op. Daar is nie ligte aan nie. Die vensters is almal met swaar gordyne toegemaak. Ligte musiek vloei af na hom en hy voel weer die krieweling teen sy rug afgly. In die deur van 'n groot, donker saal gaan staan hy botstil.

Gespanne staan hy stil. Kan dit 'n lokval wees? Iets sê vir hom daar is êrens beweging in die plek.

Maar plek is leeg behalwe vir die figuur van 'n meisie wat in die middel van die vloer lê. Hy staan 'n oomblik stil en hou die figuur dop vir enige beweging maar sy lê net daar. Hy haal sy foon uit en maak 'n oproep.

Hy sal liewer hier wag vir die manne en voor hy enige tree nadergaan. Kort daarna hoor hy stemme en die eerste man sluit by hom aan. Op daardie oomblik hhorhy haastige voetstappe iewers in die gebou, of verbeel hy hom? Die konstabel praat tegelykertyd. Haastig vertel hy wat hy daar kom soek het. Saam beweeg hulle na die stil figuur op die vloer. Iemand sit die ligte aan en Zaine kyk geskok na Maddy se geskende gesig. Hy tel haar slap arm op.

"Ons het nog 'n pols! Kry 'n ambulans! Maak net gou!" Zaine hoor sy eie stem en skrik vir die angs daarin.

"Maddy! Wat het met jou gebeur?"

Hoofstuk 5

Zaine sit ure lank in die hospitaal se gang en wag op enige nuus van Maddy. Sy was ten volle geklee en sover hy kon vasstel was sy nie onteer nie. Daarvoor is hy baie bly. Verwyte spoel deur hom en hy klop sy vuiste telkens teen die mure voor hom. Kaptein is reeds op pad en hy weet dat hy hom moet regmaak vir 'n groot uittrap. Die dokter kom eindelik in sy rigting gestap en hy staan vinnig op.

"Sy het baie pyn verduur en ons het geveg vir haar lewe. Sy is blykbaar geslaan en geskop en ek vermoed sy het inwendige beserings. Sy is nou eindelik rustig en alhoewel sy nie buite gevaar is nie, is sy stabiel vir nou. Ons moet nog verdere toetse doen en die X-strale ontleed. Jy kan ingaan, maar sy slaap nou en kan nie met jou praat nie. Kom, ek neem jou na haar."

Zaine knik en volg die man met lam bene na die kamer waar Maddy lê. Hy skrik vir die gesig wat feitlik heeltemal in verbande toegedraai is en hoor die hartmasjien se eentonige geluid. Hy gaan langs haar sit en neem haar hand in syne.

"Vasbyt Mads, druk deur en word gou beter. Ek sal die vuilgoed vind wat dit aan jou gedoen het. Ek gee nie om wat daar van jou vertel word nie, ek glo in jou onskuld. Sodra jy beter is, gaan jy my alles vertel, reg so?"

Zaine stap uit en sien hoe Kaptein by die dokter staan. Hy stap na hulle en hoor die dokter se laaste woorde. "... sy is met 'n rede aangeval want die verminkte gesig vertel iemand was baie woedend of wreedaardig om een of ander rede. Ek het ook hierdie by haar gevind en weet dat jy dit meer sal verstaan as enige iemand anders. Ek sal jou onmiddellik kontak sodra sy haar bewussyn herwin. Verskoon my, ek het 'n ander pasiënte om te gaan besoek. Ons praat later weer."

Zaine sien hoe die twee mans hande skud en die dokter wegstap die gang af. Kaptein wag fronsend vir hom en tik ongeduldig met sy een vinger teen die bandopnemer.

"Sy is gelukkig jy het daar opgedaag. Dit was 'n lokval en lyk my jy is ook jy is hierby betrek. Ons moet aan iets dink om hierdie hele gemors op te klaar. Dit raak nou te persoonlik en te naby aan die huis. Kom, jy kan hier niks doen om die skuldige aan te keer nie. Miskien kan ons hieruit iets wys word."

Zaine knik en volg die Kaptein na die parkeerarea. In sy motor gaan hulle eers sit om na die opname te luister. Die klein opnemer was waarskynlik in haar sak en die klank is nie baie duidelik nie. Zaine kan hoor hoe Maddy met 'n vreemde man baklei en die dinge wat daar geskree word, ontstem hom behoorlik. Maddy ken haar aanvaller beter as wat hy verwag het. Sy noem op 'n keer die woord "broer" en vêrder aan iets wat klink soos "Andrew." Verder is daar net Maddy se gille en dan stilte.

Kaptein sit die opname af nadat hulle die hele onaangename aanval aangehoor het.

"Maak seker jy vind hierdie vent, bring hom in sodat ons met sy gal kan werk. Ek gee jou vier en twintig uur dan soek ek daardie man in boeie. Kry jou later by die kantoor."

Zaine knik en sien hoe Kaptein na sy motor stap. Waar begin jy na iemand soek as jy nie weet hoe hy lyk nie?

Zaine sit in die klein eetplekkie net buite die dorp. Hy haal weer die foto uit en kyk stip daarna. Dan sien hy iets wat hy nie die eerste keer raakgesien het nie. Hierdie is nie Maddy nie, maar dit lyk baie soos sy. Die hare is net korter en hy kan duidelik nou sien dat dit 'n man is. Sou Maddy een van 'n tweeling wees? Vinnig maak hy 'n oproep en begin navraag doen oor Maddy se adres.

Ja, hulle werk saam, dink hy, maar hulle kuier nie by mekaar nie. Sy weet nie waar hy bly nie en hy weet nie waar sy bly nie. Kaptein was 'n per ongeluk gewees. Hy self is maar 'n privaat mens en hou nie daarvan dat ander weet van sy doen en late nie. Hy het ook nie 'n vrou of 'n meisie wat sy lewe deel nie. Dit is net hy en die stilte van sy woonstel. Niemand gaan in sy plek dinge kom rondskuif of deurmekaarkrap nie.

Hy kry die adres en is verbaas toe hy uitvind dit is nie ver is van waar hy nou is nie. Op pad na die adres dwaal sy gedagtes na sy pa. Hy was 'n groot fris man met 'n militêre opleiding en al was sy pa amper nooit by die huis nie, het hy die huis altyd pynlik netjies gehou. Sou daar net iets uit sy plek wees, het sy pa hom gestraf. Sy ma het hy nooit geken nie en hy was die enigste kind. Hy het sy pa se bou en gesig. Net hulle oë en mond verskil. Sy pa het koue grys oë gehad en hy het 'n sterk ken met dun lippe gehad. Zaine kyk in die truspieëltjie en die ligte blou oë staar stil na hom terug. Sy swart hare is kort geknip en altyd netjies. Hy skud sy kop vinnig en kyk weer voor hom.

Voor Maddy se huis hou hy stil en klim uit. Hy het nie verwag dat sy in 'n huis sal bly nie. Hy stap die trappe op en gaan voor die deur staan. Hy is nie seker of hier enige iemand gaan wees nie. Hy lig sy hand om te klop, toe die deur skielik oopgaan en 'n gryskopdame voor hom staan.

Zaine skrik en sy skrik. Hy haal sy kaart uit en wys dit aan haar. Sy kyk hom steeds verskrik aan en eers toe sy die naam herken, ontspan sy.

"Kom gerus in Zaine. Maddy het my al baie van jou vertel. Kan ek vir jou iets te drinke maak?"

Zaine skud sy kop en volg haar die huis binne. Hulle gaan oorkant mekaar sit en Zaine vleg sy vingers in mekaar.

"Mevrou, ek het nie goeie nuus nie. Maddy was aangeval. Ons het 'n naam van die man wat haar aangeval het. Sy was vir dood agtergelaat, maar sy sterk aan in die hospitaal." Hy rammel die woorde vinnig af. Hy was nog nooit goed om slegte nuus oor te dra nie."

Hy sien hoe sy 'n sakdoek uit haar voorskoot haal en haar ooghoeke daarmee druk. Geskok en met 'n hees stem, praat sy hard: "My Maddy aangeval? O, ek het geweet. Sy het nie ore nie! Sy wou nooit na my waarskuwings luister nie! Ek was altyd bevrees iets sou met haar gebeur!"

Hy laat haar toe om haar oë droog te vryf. "Mevrou, ek is op soek na u seun, Andrew. Weet u waar hy tans is?"

Haar oë rek vir 'n oomblik vreesbevange. Dan antwoord sy saaklik: "Jy soek my seun? Maddy het jou dus nooit vertel dat haar broer met geboorte dood is nie? Hy het net 'n uur gelewe omdat sy longe te swak was. Hulle het dit te laat agtergekom. Hier, wag ek wys jou."

Zaine hou haar stip dop toe sy 'n fotoalbum onder uit 'n kas haal. Sy blaai deur en hou dit na hom uit.

"Hier is hulle net na hulle geboorte. Hier is my seun net na hy oorlede is. Sy graffie is in die kerkhof. Maddy is die enigste wat oorleef het. Hier is die kissie en die begrafnis. Ons het nie toegelaat dat mense na sy lykie kyk nie. Die kissie is verseël en is so begrawe. Mag ek vra hoekom jy na my seun vra?"

Zaine voel hoe sy maag knope maak en hy skud sy kop.

"Dit kan nie wees nie! Jammer, Mevrou, maar ek dink nie u seun is oorlede nie. Mag ek u iets wys?"

Hy sien die skok in haar oë raak en hy weet dit gaan nou baie moeilik wees maar hy moet weet. Hy haal die foto uit sy sak en maak dit oop. Die vrou langs hom verbleek merkbaar en hy sien hoe haar hande begin bewe.

"Wat probeer jy doen? Ek het jou so pas gewys my seun is dood! Jy het sélf die foto's gesien! Net Maddy het oorleef!"

Zaine kyk haar stil aan en skud sy kop stadig, vou die foto weer op voor hy dit terugsit in sy sak. Hy het sy antwoord deur haar optrede gevind.

"Mevrou, hy het Maddy aangeval en haar vir dood agtergelaat. Asseblief, waar is hy?"

Maddison kyk hom geskok aan en snik skielik hardop.

"Ek dink dit is beter as jy nou liewer gaan. As jy my seun soek, gaan soek hom in die kerkhof waar hy begrawe is. Jy kom met slegte nuus hier aan en wil my nou verder ontstel! Verskoon my, ek wil na my dogter toe gaan. Jy kan jouself uitlaat."

Hy wou haar keer maar sug net toe sy reeds in die gang verdwyn het. Hy hoor hoe sy die kamerdeur agter haar toedruk. Hy staan op en stap uit. Buite by die laaste trap draai hy om en kyk weer na die huis. Iets is nie hier pluis nie en hy wens hy kan uitvind wat. Hy sien iemand deur 'n kamer se kantgordyne na hom loer en hy vries in sy spore. Dit is moontlik die man na wie hy soek!

Hy weet hy moet teruggaan, maar die deur is van binne gesluit. Hy sug en draai om. In sy motor maak hy 'n oproep na Kaptein en vertel hom wat hy gevind het. Kaptein druk dadelik die foon dood sonder om enige iets terug te antwoord. Hy sit in sy motor en besluit om laer af te parkeer waar hy die huis kan dophou. Hy trek weg en by die volgende hoek, hou hy aan die ander kant van die straat stil. Nou moet hy net geduldig sit en wag. Hy kan nog steeds nie glo wat hy so pas gehoor en gesien het nie. Hoekom sal die ou dame oor haar seun lieg?

Tóg, die foto's wys duidelik 'n begrafnis en van die baba wat skynbaar doodsblou in sy wiegie gelê het. Hy is nie seker wat of wie om te glo nie!

Uiteindelik sien Zaine die kaptein se motor agter hom stilhou en wag tot hy langs hom sit voor hy begin praat. Kaptein luister in stilte en knik net sy kop toe Zaine klaar vertel wat hy uitgevind het.

”Is hulle nog steeds in die huis?”

Zaine knik en die kaptein klim skielik uit. Zaine volg hom en sien dat hy na die huis toe stap, agterom gaan en vir hom wys hy moet voordeur toe beweeg. Zaine doen wat die kaptein hom beveel en kort voor lank is daar 'n vrou se geskree en hy skop die deur oop. Kaptein staan met die jongman stewig in sy wurggreep en die ou dame staan met haar hande voor haar mond. Haar oë kyk geskok na die manne.

”Hoekom het jy nie net geglo wat ek jou vertel het en ons uitgelos nie? Asseblief! Los hom uit!”

Zaine druk haar skielik in sy arms vas terwyl rou snikke uit haar losskeur.

Die kaptein en sy broer en Zaine sit oorkant die jongman in 'n kamer in die polisiekantoor. Hy weier om te praat maak nie saak hoe hulle hom dreig nie. Hy sit net in stilte voor hom en uitstaar.

Uiteindelik skud Zaine sy kop.”Jy kan stilbly so lank as wat jy wil, maar ons het die opname wat jou suster gemaak het en sodra sy wakker word, kan sy jou uitken as haar aanvaller. So, of jy nou wil praat en of jy jou kanse gaan waag om te wag tot sy wakker word, is jou saak. Ek sal seker maak dat jy nie gou hier uitstap nie! Die beste prokureur kan met enige toorkunsies kom, ek hou jou opgesluit vir aanranding met die oog om moord te pleeg.”

Vir 'n oomblik sien Zaine die man se oë skielik lewe kry en dit is of daar 'n lig in opgaan. Dan is dit weg en kyk hy weer voor hom uit. Zaine staan op en stap uit. Laat hulle nou sien wat hy doen sodra hy alleen is.

Zaine staan saam met die kaptein en sy broer na die stil figuur en kyk. Hy beweeg nie eers op sy stoel rond om van sitposisie te verander nie. Hy sit net daar. Kaptein tik ongeduldig teen die tafel voor hulle met sy vingerpunte en uiter saggies kragwoorde.

”Nou goed, boek hom en sluit hom in 'n sel saam die gevaarlikste monster hier toe.”

Zaine knik en stap die vertrek uit. Hy gaan voor die stil figuur staan, kyk hom in die oë, beweeg om en boei hom stewig. By die aanklagkantoor maak hy seker hy word ingeskryf, vingerafdrukke word geneem, en dan word sy eie klere met al sy persoonlike goed ingehandig. Zaine vergesel hom, nou geklee in sy oranje tronkoorpak, na die selle en laat hom by 'n sel ingaan waar hy die deur agter hom sluit en die boeie afhaal.

Buite wag die kaptein op hom: ”Hier is iemand om met jou te praat. Hy wag in my kantoor vir jou.”

Zaine knik net en volg die kaptein die gang af na sy kantoor.

Zaine gaan in die deur staan en kyk stip na die man in 'n netjiese grys pak klere, nie veel korter as hy nie en die effense grys hare wat netjies geknip is. Die man draai om en Zaine sien die groen oë eerste raak. Die gesig is sag en die mond met die neus komplimenteer sy gelaat. Hy dink eerste aan 'n waspop en onderdruk 'n glimlag wat onwillekeurig opstoot. Hy stap nader om hom aan die man voor te stel. Hy skud die man se hand en is verbaas oor die stewige greep. Nie te sleg vir 'n waspop nie!

”Ek sal dadelik tot die punt kom en nie langer julle tyd verspil nie. Ek wil toegang tot my pasiënt vra wat julle so pas toegesluit het. Hy is onstabiel en kan enige tyd in 'n tydbom verander. Ek sal alles in my vermoë doen om julle by te staan in julle ondersoek omdat hy nie kan praat nie. Hy is stom, met disleksie gebore en sy brein is onderontwikkel.”

Zaine lig sy hand en skud sy kop.

“Wil u my kom vertel dat hy nie kan praat nie? Hy lyk vir my heel normaal en ek kan niks sien wat daarop dui dat daar fout is nie. Vertel my meer oor hom en hoekom sy moeder beweer het dat hy na geboorte oorlede is en selfs sy foto het en die begrafnisfoto's aan my gewys het.”

Hy sien hoe die man ongemaklik rondskuif en dan met sy sagte stem alles aan hom verduidelik. Zaine sit aandagtig na hom en luister en kan skaars glo wat hy nou hoor. Toe hy klaar is, kyk Zaine eers weer na die man. Goed, hy klink eerlik, lyk opreg maar iets klop nie.

“Hoekom het hy die moorde gepleeg en hoe het hy geweet dat ons na sekere goed sou soek wat hy uitgewis het as hy nie sover kan dink nie?”

Die man sug en skud sy kop.

"Dit is nie hy wat die moorde gepleeg het nie. Sy ma sluit hom saans in sy kamer toe om hom te weerhou om in sy slaap te loop. Daar is diefwering voor al die vensters soos u self gesien het. Selfs die voordeur en agterdeur het staalhekke wat ook gesluit word. Dit is onmoontlik vir hom om die moorde te kon pleeg. Hy raak paniekerig wanneer hy bloed sien en hy kom nie naby vreemde mense nie. U moet verstaan dat hy 'n baie spesiale geval is en hy verg baie aandag."

Zaine kyk die man ongelowig aan.

"Wil u nou beweer dat ons die verkeerde man toegesluit het terwyl al die bewyse na hom wys en die opname van sy suster waarin sy sy naam genoem het? Dan praat ek nie eers van die tyd wat hy wel buite was en haar baie erg aangerand het nie! So erg dat sy nou in die hospitaal om haar lewe veg. Ek glo nie wat ek nou hoor nie!"

Hy sien die man skud stadig sy kop en staan op.

"Kan ek u iets gee wat u moontlik kan oortuig?"

Hy haal 'n dik lêer uit sy dun bruin tas wat langs hom op die mat staan. "Kyk gerus hierin. Al u vrae sal dan moontlik opgeklaar word. Verskoon my, ek wil sélf met die kaptein gaan praat want ek is werklik bekommerd oor my pasiënt."

Zaine wou nog weier toe die man reeds by die kantoor uit is. Hy vryf oor sy ken en maak die eerste blaai oop. Hy begin die inhoud lees en soos hy vorder, besef hy dat hulle wel 'n groot fout gemaak het. Net voor hy op die einde kom, vang sy oog 'n foto uitgeskuif het. Hy voel hoe alles in hom ys.

Hier is Andrew saam met Maddy en hy kan nie glo sy lyk soos 'n man nie! Haastig haal hy die foto uit sy sak en vergelyk dit met die foto in sy hand. Nee wat, hy het 'n kenner nodig en baie dringend ook.

Dit is reeds na middagete toe Zaine se foon skielik lui. Met 'n frons tel hy op om te antwoord. Hy hoor die dokter se stem en hy sit skielik regop toe hy die nuus ontvang.

"Zaine, Maddy het bygekom. Sy is baie deurmekaar maar noem aanhoudend jou naam. Dalk moet jy vinnig 'n draai maak hier."

"Dankie, dokter, ek kom dadelik."

Hy gryp sy baadjie en drafstap na sy motor. 'n Ruk later hou hy voor die hospitaal stil en draf na Maddy se kamer. Sy lê teen die kussing en toe hy langs haar gaan staan, sien hy die nat strepe op haar wange.

”Ek gaan nie vra hoe jy voel nie want ek kan sien dat jy baie seer het. Kan jy praat of wil jy skryf?” Maar dan sien hy hoe haar arms en selfs haar hande met verbande toegedraai is. Hy kyk na haar swaar ooglede wat dreig om toe te val. Sy is onder ernstige verdowing.

Haar lippe beweeg. Zaine span hom tot die uiterste in om iets te hoor.

“Zain, ... my broer ... waarsku ... agter jou ... ...mom ...”

“Maddy, wat probeer jy vir my sê?” vra hy moedeloos.

Maar die verdowingsmiddels het reeds oorgeneem. Haar oë is toe. Sy slaap.

“Word ou gesond, Mads. Ek kan nie sonder jou nie.”

Hy druk haar skouer en stap uit. Hy weet nie wat om te dink nie. Niks maak meer sin nie en dit maak hom kriewelrig. By die robot hou hy stil. Hy probeer sin maak uit Maddy se paar woorde. Nou is hy nog meer verward!

Terug by die kantoor, gaan hy by die kaptein se deur aanklop. Hy stap binne en groet hom voor hy gaan sit. Hy begin die raaisel aan Kaptein vertel en sien hoe hy ook nou frons.

”Waarmee het ons te doen Zaine? Dit begin klink of jy jou eie kollega verdink terwyl ons almal weet sy is ‘n vrou. Nou goed, soms lyk sy soos ‘n man met die klere wat sy aantrek. Nou wat stel jy voor?”

Zaine skud sy kop.”Ek weet werklikwaar nie, Kaptein. Al wat ek weet is dat iets nie reg klink nie. Sodra ek bevestiging van die ondersoeker het, sal ek aan ‘n plan dink wat ons kan maak om die raaisel op te los.”

Die kaptein knik en Zaine staan op. By sy tafel gaan hy sit. Maddy se woorde maal deur sy kop. Dit lyk of sy bevestig het dat Andrew haar aangerand het om ’n rede duister vir Zain. Hy frons en tik ongeduldig op die tafel se blad. Miskien moet hy weer na die opname luister. Hy staan op en klop weer by die Kaptein se deur aan.

”Kaptein, kan ek weer na die Maddy se opname luister, asseblief?”

Hoofstuk 7

Kaptein het vraagtekens op sy gesig en kyk lank na Zaine voor hy die opname uit die kluis haal en dit aan hom oorhandig.

”Waarna soek jy?” Zaine skud sy kop en trek sy skouers op.

”Ek weet nog nie, maar sodra ek iets vind, sal ek weet.”

Hy luister na die opname en speel dit oor en oor.

”Kaptein, ek weet nie of ek reg is nie, maar ek hoor net een persoon. Die Andrew hoor mens nie terugpraat nie en Maddy gil of skree nie terwyl sy aangeval word nie. Vind u dit nie ook snaaks nie?”

Kaptein staan op en druk sy hande diep in sy broeksakke. Hy wil nie wys dat dit gebalde vuiste is nie.

”Jy het 'n punt beet, maar hoe weet ons dat hy haar nie bewusteloos geslaan het voor hy haar so erg aangerand het nie? Kom ons vra die klankoperateur wat hy kan uitmaak met die opname.”

Zaine knik en verlaat die kantoor en neem die bandopname na die tegnikus. Net voor tjailatyd lui sy foon skielik. Hy luister na die nuus en spring op.

”Ek kom dadelik, dankie. Ja, ek sal hom saambring! Ek skuld jou! Goed, ek maak so!”

Kaptein en Zaine stap saam die tegnikus se kantoor binne.

”Middag, menere. Kom gerus in! Goed, is julle gemaklik? Nou kom ons val weg.”

Weer luister hulle na die opname en Zaine hoor duidelik die verskil. Hulle hoor nou geluide wat nie teenwoordig was toe hulle net so daarna geluister het nie. Die kêrel stop kort-kort die opname om te verduidelik.

“Kyk, hier praat Maddy en sy sê vir die persoon hy het haar met voorbedagte rade daarheen laat kom omdat sy uitgevind het van sy geheime handelinge. Hy is skelm, onderduims, duiwels en wat ook al. Daar is net 'n soort gegrom as antwoord. Dan volg die onhoorbare gedeelte.”

“Speel dit weer,” versoek Zain maar hoe hulle ook al die spoed stel en fyn luister kan slegs die woorde “broer” en “Andrew” uitgemaak word.

”Julle sien dus, daar is 'n gegrom amper soos iemand wat probeer reageer wanneer daar met hom gepraat word maar nie die woorde kan uitkry nie. Luister hier ...”

Hy speel die opname stadiger en sien die verbasing op die twee gesigte. Zaine en Kaptein staan verstom en luister. Hulle kyk na mekaar en dan na die tegnikus. Sou hulle dit nie met hulle eie ore gehoor het nie, sou hulle werklik dink dat hierdie man een te veel in gehad het.

Terug in die Kaptein se kantoor sit hulle stil na mekaar en kyk.

”Zaine, dit is regtig bisar. Ek kan nog steeds nie glo wat ek gehoor het nie! Ek wil nie dit glo nie, hel man, sy is een van ons!” Zaine knik sy kop en vryf met sy hande oor sy gesig. Hy kan dit ook nie glo nie!

Beteken dit dat Maddy die moorde gepleeg het en Andrew haar daaroor aangerand het? Of dat sy uitgevind het haar broer is nie dood nie? Maar hulle bly dan in dieselfde huis? Dit is net te vêrgesog om waar te wees.

“Wat as ons met die Andrew gaan praat en vir hom die opname speel? Dink u dat hy dan sal bereid wees om met ons te praat?”

Kaptein knik en stap saam Zaine na die selle waar Andrew aangehou word. Lank sit hulle die man en dophou om sy reaksie dop te hou. Andrew sit later met sy hande oor sy ore en trane loop in strome oor sy wange. Hy wys hy soek ‘n boek en Zaine gee hom die boekie met ‘n pen. Andrew begin haastig skryf en blaai gedurig om om verder te skryf. Zaine en die Kaptein hou hom angstig dop. Moontlik kry hulle nou ‘n aanvaarbare verduideliking. Eindelik kry Zaine die boekie terug en blaai na die bladsy waar hy begin skryf het. Hy lees dit deur en gee dan vir Kaptein.

”Ek dink ons kan hom maar laat gaan, Kaptein, hy is onskuldig soos dit nou lyk. Hy bevestig maar net wat die sielkundige gesê het en is baie ontsteld oor die aanranding op Maddy.”

Zaine neem Andrew terug huis toe en klop aan die deur. Die ligte gaan aan en eindelik gaan die deur oop. Die ou dame staan in haar nagjurk en skielik slaan sy haar hande voor haar mond saam. Trane loop oor haar wange en sy gryp haar seun styf vas.

”My kind! Jy is terug! Is jy ongedeerd? Kom, jy moet gaan bad en dan gaan ek vir jou iets te ete maak.”

Hy kyk dankbaar na Zaine en Zaine knik net stil voor hy omdraai en wegstap. Hy hoor die deur toegaan en glimlag sag. Daardie kyk het boekdele gespreek. Terug in sy motor sit hy met ‘n baie moeilike besluit. Hy trek weg en ry in sy woonstel se rigting. Hy sal eers alles moet oordink voor hy optree.

Nog voor sy wekker afgaan, lui sy foon en hy antwoord deur die slaap.

"Goed, ek is nou daar dokter. Dankie."

Hy trek aan en ry so vinnig as moontlik na die hospitaal. Hy stap in Maddy se kamer in en sien die jong verpleegster op die grond lê en die bed is ook vol bloed. Daar is geen teken van Maddy nie. Die dokter staan eenkant met nog 'n verpleegster en gesels toe hy skielik in Zaine se rigting kyk. Hy druk haar skouer voor hy na hom aangestap kom.

"Jammer, Zaine, ek weet nie wat om jou te vertel nie! Al wat ek kan uitmaak is dat sy net verdwyn het. Hier was niemand by haar nie en die verpleegster was op haar uurlikse rondtes gewees. Sy is skielik oorval en dit is hoe ons haar gevind het. Sy het net twee dae terug by ons begin werk en het nog studeer. Sy wou 'n dokter word."

Zaine hoor hom sug en kyk weer na die lewelose liggaam op die vloer in 'n plas bloed. Hy frons en stap stadig nader. Versigtig rol hy haar om en sy bloed stol. Dit is nie hoe die ander dood gemaak is nie! Nee, hierdie keer is die persoon voor hom met 'n pistool geskiet. Het niemand dan die skoot gehoor nie? Hy draai om en wink die dokter nader. Hy wys na die enkele koeëlwond in die hart en sien hoe die dokter na sy asem snak.

"Ek dink nie dit was Maddy gewees nie, dokter. Hier was iemand anders in haar kamer en miskien het die verpleegster op hom of haar afgekom en het hy haar ook om die lewe gebring. As u nie omgee nie, wil ek graag die kameras nagaan."

Die dokter knik en Zaine volg hom deur die lang, stil gange na waar die kontrolekamer is. Hulle steek in die deur vas en die dokter kyk geskok na Zaine. Voor hulle is 'n baie onaangename toneel. Die man agter die skerms lê op die vloer in 'n groot plas bloed en al die skerms is ingeslaan. Selfs die geheueboks is inmekaar geslaan.

"Ek glo nie ons gaan enige iets hier uitgerig kry nie, stap saam na ons ander kontrolekamer waarvan min mense weet."

Zaine knik en volg die dokter weer in die lang gange af en toe hulle by 'n deur kom, gaan die dokter stilstaan en maak 'n paneel in die muur oop waar hy 'n kode indruk en die deur oopklik.

Die man agter die skerms knik vir die dokter en hy staan op. "Ek het u verwag, dokter, en solank alles vir u reggekry om na te kyk. Ek wou u kontak toe alles gebeur, maar het gesien wat met my makker gebeur het en het besluit om dit nie te doen nie. U sou wel na my toe kom sodra u dit gevind het."

Die dokter knik en gaan agter die skerms sit om die beeld na te gaan. Zaine loer oor sy skouer en saam kyk hulle na die grusame gebeure wat eers in die kontrolekamer plaasgevind het en dan in die gang voor Maddy
se kamerdeur.

Zaine klop die dokter op die skouer. "Dit is genoeg, dankie. Kan u vir ons 'n kopie maak wat ek kan saamvat na die kaptein toe? Ons het min tyd en iemand se lewe is nou in gevaar."

Die dokter knik en haal 'n geheuestokkie uit die laai waarop alles oorgesit word voor hy dit aan Zaine oorhandig. Zaine knik en stap uit saam die dokter. Hy was reg. Dit is tog onmoontlik vir Maddy om deel te wees van al die moorde. Nou vrees hy net dat hulle dalk te laat is om haar van die dood te red.

Hoofstuk 8

Zaine sit saam Kaptein in sy motor terwyl hulle na Maddy se
woning ry. Haar moeder moet nou alles verduidelik om haar dogter
te red. Na hulle derde klop begin Zaine kriewelrig voel. Alles is
doodstil en daar is geen beweging in die huis nie. Nie eers die
gordyne wys enige teken dat iemand deur hulle loer nie.
"Hier is niemand nie, Kaptein. Dit voorspel niks goeds nie."
Kaptein lig radeloos sy hand en knik. Hulle stap agter om die huis
en sien die agterdeur is oopgebreek. Hulle vind die kombuis in 'n
chaotiese toestand. Gebreekte borde en potte kos lê op die grond en
die tafel en stoele is omgegooi. Hulle haal dadelik hulle wapens uit
en begin die res van die huis deursoek. Dit lyk orals waar hulle gaan
of daar 'n hewige geveg was en Zaine weet dat iets nie reg is nie. In
die hoofslaapkamer gaan Zaine staan. Hier is klere uitgegooi en
wanordelik versprei. Laaie is uitgegooi en die bed is wanordelik.
Dan sien hy iets en hy voel hoe sy bloed stol. Onder die bed steek
'n been en voet sonder 'n skoen uit. Hy stap versigtig nader, kyk en
snak na sy asem. Die ou dame lê in 'n plas bloed en haar keel is van
oor tot oor afgesny.
Kaptein en Zaine sit in die kantoor en gaan weer deur alles. Die
persoon in Maddy se kamer was beslis 'n man en hy is dieselfde
lengte as sy. Hy het 'n gholfhemp aangehad en 'n swart broek met
seilskoene. Hy het wel handskoene aangehad en al kan hulle nie een
keer sy gesig sien nie, is die blonde hare wat uitsteek onder 'n
hoedjie al waarop hulle kan fokus. Dit is beslis nie Andrew nie! Al is
Andrew en Maddy 'n tweeling, is sy hare meer 'n donkerbruin en
Maddy se hare is langer en nie so kort nie. Haar hare is ook nie
dieselfde kleur blond as wat hulle nou sien nie.
Hulle het dus met 'n verkleurmannetjie te doen wat hom vermom
soos Andrew. En slinks vermy hy om sy gesig te wys.
"Ons geluk is uit, Zaine. Daar is nie 'n manier waarop ons sy
gesig kan sien nie. Dit is asof hy baie goed geweet van die kameras
en wou nie kanse vat nadat hy die kontrolekamer vernietig het nie.
Selfs die ingange lewer ook niks op nie. Die parkeer- terrein help
ons net mooi niks. Hierdie man wéét wat hy doen. Die vraag is net,
wie is hy?"
Zaine krap sy kop. Dit is die raaisel wat hulle moet oplos voor
nog mense seerkry. Hy trek hom reguit en vryf oor sy gesig.

"Ek is al suf gedink, Kaptein. Andrew is nie by die huis nie en daar is geen teken dat hy aangeval is nie. Sou hy paniekbevange geraak het en iewers gaan wegkruip het en sou hy dit doen, waarheen sou hy gaan?"

Hy druk sy vingers teen sy slape en vryf dit in sirkels. Waarheen sou hy gaan as hy Andrew was? Hy sien die blou baba in die wiegie en dan die begrafnis. Hy ruk regop en kyk na Kaptein.

"Ek weet waar ons vir Andrew kan kry, mits ons nie te laat is nie."

Hy storm by die kantoor uit en kyk nie eers of Kaptein hom volg nie. Hulle klim saam in Zaine se motor en hy trek met 'n gevaarlike spoed weg. Hy hou voor die kerk stil en wys vir Kaptein om hom te volg. Hulle stap in die donker die kerkhof agter die kerk binne en Zaine voel die koue rillings teen sy ruggraat afgly. Hy hou nie van begraafplase nie veral nie in die nag nie. Hy neem sy soeklig en begin heen en weer oor die grafstene lig. Kaptein begin deur die grafte stap en soek met sy lig na name op die grafstene. Skielik sien hy die naam raak en begin haastig in die rigting stap. Hy sien iets op die grond op die graf en hurk om daarna te kyk. Zaine sluit by hom aan en snak na sy asem.

Op die graf is 'n yslike plas bloed. Daar is 'n bloedstreep wat oor die grafsteen tot na agter lei. Zaine staan stadig op en begin die bloedspoor volg. Hierdie persoon is erg gewond en as hy nie vinnig gevind word nie, sit hulle met nog 'n lyk. Onder 'n klompie bome sien hy die hopie en beweeg vinnig na die figuur toe. Hy draai die persoon om en sien dat dit Andrew is. Sy pols is baie swak en hy verloor vinnig bloed. Kaptein kontak dadelik 'n ambulans en hurk by Zaine om die bloeding te keer.

"Hy het baie bloed verloor en die kanse dat hy dit gaan maak is maar skraal."

Eindelik is die ambulans daar en die paramedici neem oor om die beseerde man by te staan. Hulle jaag agter die ambulans aan na die hospitaal. Hulle sien hoe hulle hom dadelik na die teater neem en gaan voor die ingang sit om te wag vir enige nuus. Ure later sluit die dokter by hulle aan met goeie en slegte nuus. Andrew sal dit maak maar hy is in 'n koma en is nog nie heeltemal buite gevaar nie.

"Eers die suster en nou die broer! Hoop nie julle gaan my nog iemand bring van hierdie familie nie."

Zaine skud sy kop. "Ek hoop ook nie so nie, dokter. Dankie, laat weet my as daar enige verandering is en baie dankie."

Terug in sy kantoor sit Kaptein en Zaine met die saak se stukke voor hulle. Die stilte word net verbreek wanneer 'n blaai omgeblaai word of wanneer een van hulle kreun. Die son is al besig om op te kom en Zaine voel hoe sy rug afbreek.

"Kaptein, as ek nie nou koffie kry en vars lug nie, gaan jy met 'n gesnork sit wat jou ore gaan seermaak."

Kaptein kyk op en knik, strek hom uit en vryf oor sy gesig.

"Ek dink ook so. Kom ons gaan soek iets om te drink by die eetplek om die hoek. Dan kan ons sommer ons bene rek. Lyk nie of ons enige iets nou gaan uitgerig kry nie."

Hulle stap uit en Kaptein sluit sy kantoor voor hulle die gebou verlaat. Moegheid sak behoorlik oor hulle neer toe hulle die eetplek binnestap. Hulle gee hulle bestelling en gaan oorkant mekaar sit by die tafel in die hoek.

"Zaine, ek is werklik bekommerd. Die uurglas is besig om leeg te loop vir Maddy indien ons haar nie baie vinnig vind nie. Ons het met iemand te doen wat regtig weet hoe om ons neuse in die grond te vryf. Wat se plan het jy?"

Zaine sit met sy kop in sy hande en sy vingers deur sy hare gevou.

"Ek wens ek het 'n plan gehad, Kaptein. Ek het elke moontlikheid oorweeg en die onsekerheid maak my gek. Wat as die sielsieke haar na 'n ander dorp geneem het? Hierdie dorpie is te klein om enige iemand in te versteek. Selfs die bosse en die pas word nou gereeld deursoek en hier is nie juis ou vervalle geboue nie. Ons het die beeldmateriaal en die foto's maar telkens is die gesig net buite ons bereik. Hierdie is regtig 'n baie moeilike saak en daar is al genoeg bloed om ons vir jare te laat gons oor hierdie tydperk. Miskien kan ons naburige dorpe kontak en die beskrywing vir hulle gee van die man en van Maddy. Wat het u broer intussen uitgevind?"

Kaptein skud sy kop en sug. "Ek het nog niks weer van hom gehoor nie. Hy sal my wel kontak sodra hy nuus het."

Hulle bestelling word voor hulle neergesit en hulle eet in stilte. Elkeen is besig met sy eie gedagtes. Hoeveel bloed gaan hulle nog sien vloei voor die skuldige agter tralies sit?

Zaine staan voor die venster en kyk na die sonsondergang. Kaptein is ingeroep vir 'n ander saak en hy voel hy gaan enige oomblik ontplof. Hy het die hele dag al 'n vreeslike hoofpyn en hy weet dit is as gevolg van moegheid. Hy en Kaptein is al twee dae so aaneen besig en nog steeds kan hulle geen spoor vind van Maddy of van die moordenaar nie. Andrew is darem buite gevaar en is vinnig besig om te herstel. Hy is net baie bang en wil met niemand anders praat as met hom of Kaptein nie. Selfs die dokters en verpleegsters kan nie net by hom instap nie. Hulle hou hom nou onder verdowing tot hy gereed is om ontslaan te word. Hulle kon ook nog nie met hom oor die aanval praat nie want hy raak te vinnig paniekbevange. Kaptein kom ingestap en sug.

"Lyk my ek het 'n stasie vol idiote. Hulle kan niks op hulle eie doen nie. Ek moet gereeld hulle doeke omruil want hulle weet nie wat om met 'n toilet te doen nie. Hel man! Ek het dringerder sake om op te los as om na 'n vermiste hond te soek of na 'n verlore kat in 'n boom se baas te soek. Kom ons gaan soek vars lug voor ek hierdie mure met my kaal hande afbreek."

Zaine swaai om en kyk die Kaptein vinnig aan.

"Dit is dit, Kaptein! U het so pas die antwoord gegee! Mure met kaal hande afbreek! Kom, ek sal later verduidelik!"

Kaptein gooi sy hande in die lug en skud sy kop. "Nou het ek regtig die pad byster geraak. Het jy nou mal geword of wat? Waarheen is jou haas?! Ja, goed, ek is kort op jou hakke. Jy beter verduidelik voor ek dink jy het ook al jou varkies verloor!"

Zaine stop weer by Maddy se woning en maak die voordeur oop. In die heel agterste kamer wil hy uit sy vel spring van blydskap.

"Ons het nooit hierdie in ag geneem toe ons hier was die laaste keer nie. Kyk Kaptein, kyk na hierdie merke. Hoe lyk dit vir u?"

Kaptein vat 'n wyle om tot verhaal te kom en frons. "Dit lyk of iemand hier probeer uitkom het of dalk probeer het om in te kom van iewers anders af. Nou het jy my heeltemal verwar, Zaine. Wat het dit met die saak te doen?"

Zaine glimlag breed en wys na die eerste paar krapmerke. Elke krapmerk is verskillend van die ander en in sekere merke is duidelike tekens van droë bloed.

”Hierdie is iemand wat sy vingers stukkend gekrap het om uit te kom. Die deur is ook van binne af oopgebreek en nie van buite soos ons gedink het nie. Wie ookal hier was, was deel van die gesin en hulle wou hom nie met ander deel nie omdat hy dalk gevaarlik kon wees.”

Kaptein frons en knik stadig sy kop. Hy kan nou sien waarop Zaine sinspeel en hy kan dit skaars glo. Die vraag bly egter, wie se kamer was hierdie as dit nie Andrew se kamer was nie?

Zaine vat bloedmonsters van elke plek waar daar bloed gesien kan word. Nadat hulle foto's geneem het, stap hulle uit en Kaptein trek Zaine skielik aan sy mou terug

”Ek het iets gehoor en dit het geklink soos van onder die huis. Kan hier 'n kelder wees?”

Zaine staan nou ook stil en luister baie fyn. Hy hoor ook 'n geluid en tree vinnig in die rigting waarvandaan dit kom. Hy sien 'n deur in die nou gang en voel versigtig daaraan. Dit gaan met 'n gekraak oop en Kaptein trek sy lippe skeef. Hulle haal hulle wapens uit en begin stadig met die trappe afbeweeg. Hy voel teen die muur langs soos hulle loop vir 'n ligskakelaar, maar vind niks tot voor hy amper heeltemal onder is nie. Hoe kon hulle hierdie vertrek gemis het? Hy druk die skakelaar en daar brand skielik 'n baie flou lig. Om hulle is daar bokse en ou meubels wat regtig beter dae geken het. Zaine hoor weer die snaakse geluid en dit klink soos in een van die kartondose wat in die een hoek staan. Versigtig stap hulle nader en Kaptein sny die klappe versigtig oop. 'n Jong meisie snak behoorlik na haar asem en hyg toe sy die skielike vars lug inasem. Zaine gryp haar betyds en Kaptein frons toe die meisie in Zaine se arms flou val. Was hulle betyds om nog 'n lewe van 'n vreeslike dood te red?

Zaine staan langs die meisie se bed terwyl sy hom alles vertel. Hy skryf dit neer en knik sy kop.

”Dankie juffrou, jy het ons baie gehelp. Jou ouers sal oor 'n rukkie hier wees en my manne sal julle vergesel terug na julle huis toe. Ons gaan manne in en om julle huis plaas om seker te maak dat julle veilig is. Sterk nou gou aan. Ons sal weer gesels sodra ons meer van u wil weet.”

Die meisie glimlag dankbaar en knik haar kop. Hy stap uit en voel hoe sy hart in sy keel kom sit. Tot dusver was die moordenaar baie effektief om al sy spore uit te wis. Sou hy van tegniek verander het of het hy nou moeg geraak om kat en muis met die gereg te speel? Hy kry die gevoel dat hy nie net met een moordenaar hier te doen het nie, of het hy?

Hoofstuk 9

Hy en Kaptein sit al meer as twee ure voor die een gebou waar die verdagte laaste gesien is. Dit is die adres wat die meisie in die hospitaal vir hom gegee het. Nog steeds geen beweging nie en selfs in die huise rondom hulle, is alles doodstil. Daar is geen motor in die motorhuis nie en al die vensters is dig toe. Zaine sug en kyk weer na die oorkant van die straat.

"Kaptein, hierdie is regtig 'n mors van kosbare tyd. Hoe seker is ons dat dit wel die regte adres is? Dalk het die meisie die nommers verkeerd of die straat?"

Kaptein skud sy kop stadig en wys hy moet stilbly. Dit is 'n rukkie nou dat hy voel iemand hou hulle dop en hy wil nie te veel aandag trek deur rond te kyk nie. Hy weet hier is iemand en hulle moet net geduldig wees. Zaine sug weer en kyk om hom rond. Hy kan aanvoel dat Kaptein ongemaklik is en hy wens hy het geweet wat skeel.

"Kom ons trek weg en gaan hou laer af stil. Ek sal later verduidelik."

Zaine sluit die motor aan. Kaptein is baie geheimsinnig en hy weet iets skort. Laer af in die straat hou hy stil toe Kaptein aan sy arm pluk.

"Draai hier in en hou stil!"

Zaine maak so is net betyds om te sien hoe 'n motor stadig verby die huis ry en die bestuurder in hulle rigting kyk voor dit verder beweeg. Die gesig is nie duidelik sigbaar nie, maar die blonde hare onder die hoed, laat Zaine se rug kriewel. Kan dit hy wees?

Hy trek uit en is net betyds om die donker, swart motor om die een hoek te sien verdwyn.

"Laai my hier af en volg daardie motor. Laat weet my sodra hy terugkeer. Ek gaan ondersoek instel by daardie huis."

Zaine knik en hou vinnig stil, groet Kaptein en trek weg. Twee blokke verder vind hy weer die motor en ry rustig agter die motor aan. Hy hou nie van hierdie alleen wees nie en byt op sy tande. Kaptein waag nou baie om die huis alleen te deursoek en dit met die moontlikheid dat hy in gevaar kan wees. Hy sien die motor stilhou en hou agter 'n motor tussen hulle stil. Hy sien die man uitklim en 'n kroeg binnestap. Hy maak hom gemaklik en hou die deur stip dop.

Nou goed, hy kry sy slagoffers in 'n kroeg. Wat doen hy volgende? Dit is wat hy nou gaan uitvind. Teen skemer is daar steeds geen teken van die man nie. Hy haal sy foon uit sy sak en kontak Kaptein.

"Zaine, waar is jy? Ons sit al meer as 'n uur by die hospitaal met Maddy. Sy is kritiek en die dokter vrees dat sy dit moontlik nie gaan maak nie. Sy praat baie deurmekaar en bly na jou vra."

Nog voor Zaine kan antwoord, kom die man by die deur uitgestap met 'n jong meisie

aan sy arm.

"Ek moet gaan, Kaptein, sal later verduidelik. Bly Maddy is gevind, ek gaan nou probeer om nog 'n lewe te red voor dit te laat is."

Voor Kaptein iets kan terugantwoord, het hy reeds die foon doodgedruk en volg hy die motor op 'n afstand na die huis wat hy en Kaptein vroeër dopgehou het. Dus was hy reg, die verdagte gebruik die huis se adres, maar hy gaan by die volgende huis in wat langs die huis is. Slim, baie slim.

Nadat hy vir bystand gevra het, klim hy versigtig uit en beweeg agter om die huis. Hy hoor hoe die meisie huil en smeek om nie doodgemaak te word nie. Haar angskrete skeur deur die lug en hy kom vinnig in beweging. Skielik staan hy in die oop deur en hou sy wapen voor hom gerig. Die vertrek is leeg! Hy beweeg vinnig deur die huis en kom gou agter dat daar niemand is nie. Buite die een venster sien hy 'n bandopnemer en besef te laat dat hy om die bos gelei is. Hy tree haastig in die skadu van 'n groot bos langs hom. Hy hoor voetstappe en hou sy asem op. Dan sien hy hoe die man skielik omswaai en vinnig wegbeweeg van hom af. Die sirenes in die verte raak al hoe harder. Versigtig kruip hy onder die bos uit net toe die eerste motor met skreeuende bande stilhou en die rooi en blou ligte in die rondte draai.

Zaine sien hoe die manne naderbeweeg en die hele huis omsingel. Nog motors het in 'n halfmaan voor die huis stil gehou. Hy weet dit is reeds te laat om die moordenaar aan te keer want hy het weer weggekom, tog hoop hy dat die meisie ongedeerd is en beweeg saam die manne die huis in.

Nadat die hele perseel deeglik deursoek is, stamp Zaine sy voet uit frustrasie. Daar is geen teken van die meisie of dat die moordenaar enigsins hier was nie. Hoe kon hy so gou verdwyn het? Selfs die huis langsaan lewer niks op nie en Zaine uiter 'n string kragwoorde. Hy weet hulle kan weer 'n oproep verwag van nog 'n lyk wat gevind is. Hy gee bevele aan van die manne om die huise dop te hou voor hy hom na die hospitaal haas waar Maddy opgeneem is. Kaptein gaan 'n hartaanval kry wanneer hy hoor dat die man weer met 'n meisie ontsnap het.

"Sy is rustig en nog baie swak. Gaan na haar toe want sy hou aan om na jou te roep. Ons kan later oor die ander dinge praat."

Maddy lyk glad nie goed met al die pype in en masjiene om haar nie. Hy sien dat sy onrustig rondrol en stap vinnig nader om langs haar plek in te neem.

"Stadig meisiekind! Jy gaan van die bed af rol! Ek is hier. Raak nou rustig."

Haar oë fladder oop en hy skrik vir die angs wat vlak daarin lê. Haar asem is vlak en vinnig.

"Hy wil my doodmaak! Jy moet hom keer!"

Sy lek vinnig oor haar gebarste lippe voor sy weer diep asem skep."Moenie hom onderskat nie! Hy is nou daarop uit om jou te tart! Jy het nou sy belangstelling geprikkel en hy wil kyk hoe ver hy jou kan dryf voor hy jou ook doodmaak."

Zaine sit sy vinger oor haar lippe om haar stil te maak. Hy wil nie nou hoor wat hy reeds vermoed nie.

"Stil nou, ons kan later gesels. Jy moet rus, ek sal hier by jou sit tot jy weer slaap. Ek het my maat langs my nodig, dus kan jy nie nou jou ooreis nie. Konsentreer eerder om gesond te word sodat ons hom saam kan aankeer."

Sy skud haar kop heftig heen en weer en haar oë bly wild in hulle kaste na hom kyk.

"Ek is bang! Hy sal nie dat ek bly lewe nie omdat ek hom kan uitken. Ek was verkeerd oor Andrew, maar ek het nie geweet wie dit was tot ek hom met my eie oë gesien het nie. Jy ken hom ook! Dit is ..."

Zaine staan versteend toe sy nie verder praat nie en sien dat sy in 'n diep slaap geval het. Hy sal nou moet wag tot sy weer bykom om uit te vind wie dit is.

Hy druk haar hand saggies en stap uit. Kaptein staan op en stap hom tegemoet.

"Ons sal later weer kom. Ek het manne hier buite en voor haar kamer geplaas om haar op te pas. Niemand word by haar toegelaat behalwe die dokter nie. Ons het 'n moordenaar om te vang voor daar nog 'n lyk gevind word."

Zaine sug en knik teryl hy aan Maddy se woorde terugdink.

"Jy ken hom ook!" Hy wens net sy kon die naam noem maar nou moet hy van vooraf raai. Hoekom sal die moordenaar hom nou wil uittart?

Terug in die kantoor sit Zaine voor die foto's wat op 'n bord vasgepen is. Met sy vinger onder sy ken staan hy na die foto's en kyk. Hy onthou elke nuwe moord se toneel en begin met meer erns na alles kyk. Elke toneel is gruwelik en Zaine voel hoe sy nekhare rys. Dan merk hy iets op wat hy nie voorheen opgemerk het nie. Elke toneel is netjies uitgelê en dit voel of daar 'n storie in elke toneel beskryf word. Hy frons en kyk met meer aandag na die eerste toneel. Nou goed, die meisie is op 'n heuwel tussen bosse gevind. Hy tik met sy pen teen sy ken terwyl hy na iets soek om dit te verbind. Sy is op haar rug gevind met haar gesig na die bosse gedraai. So asof sy na haar geliefde langs haar sou kyk. Hy trek 'n boek nader en begin die name neerskryf van boeke wat hy van weet. Dan kom hy met 'n skok agter dat hy elke boek gelees het. Ja, dis wat hy saans in sy bed doen om te ontspan.

Hy skrik toe iemand aan sy skouer vat en 'n beker koffie voor hom neergesit word.

"Lyk of jy 'n spook gesien het. Kon jy enige leidrade vind as jy so na al die foto's voor jou staar?"

Zaine voel hoe sy maag saamtrek en knik. "Moenie dink ek is besig om mal te word nie, Kaptein, maar ek dink ons moordenaar is 'n boekwurm. Elke moord is soos 'n boek wat ek al gelees het. Ja toemaar, ek het ook gedink dis onmoontlik maar kyk hierna en sien self."

Hy oorhandig sy geskribbel aan die Kaptein en sit op die punt van die stoel in spanning op enige reaksie van die man voor hom. Die Kaptein skud sy kop. "Jy lees te veel moordverhale. Dit vertel ons iets meer oor die moordenaar ja, maar hoe vind ons hom in hierdie klein plekkie? Die mense begin nou bang raak na elke moord en selfs die strate is leeg. Daar moet iets anders wees wat ons miskyk."

Zaine sug en knik sy kop. Hy weet waarna die kaptein verwys en dit versterk al hoe meer sy vermoede dat die moordenaar in hulle midde is. Die vraag bly egter waar om hom te soek.

Die foon lui en albei manne skrik vir die skielike geluid. Kaptein is eerste om te reageer en Zaine sit met opgehoue asem en luister na die gesprek.

"Goed, dankie, ons sal nou daar wees." Hy wink vir Zaine om hom te volg. Zaine gryp sy baadjie en stap stil agter die Kaptein aan. Eers toe hulle amper by die toneel is, lig Kaptein hom in oor wat gaande is.

"Lyk my ons sal gou genoeg uit vind of jou bewerings reg is. Kom, ons het nog 'n toneel wat op ons wag."

Hoofstuk 10

Zaine voel hoe alles in hom saamtrek en hy kan nie help om te wonder of dit die jong meisie is wat hy saam die man gesien het nie. Hy kan net nie verstaan hoekom die man nie sy gesig wys nie. Die blonde hare kon hy duidelik sien, maar sy gesig was onder 'n hoedjie versteek.

Kaptein hurk langs die jong meisie se lyk. Nog 'n kerf op die maniak se stok. Zaine vries in sy spore en voel hoe die naarheid hom oorval. Dit is die jong meisie wat hy saam die man gesien het!

"Kaptein, ek wil na die kroeg toe gaan en daar gaan rondsnuffel vir leidrade. Hierdie meisie het ek saam hom gesien en dit was by die kroeg hier in Derde Laan."

Kaptein knik en wys hy moet naderkom. "Kom maak eers seker of jy reg is en kyk of jy hierdie toneel kan ontleed om te sien of dit by enige boek pas wat jy al gelees het."

Zaine voel hoe die spanning in hom opvlam, maar gehoorsaam tog die bevel.

Nadat hulle alles deeglik ondersoek het, sug Zaine en skud sy kop. "Hierdie is nie op enige boek van toepassing nie. Dalk was my verbeelding besig om met my weg te hardloop, Kaptein. Dit laat ons weer met niks en by die begin. Enigste hoop nou is die kroeg."

Kaptein sug en knik. Hulle ry in stilte na die kroeg waar Zaine die moordenaar gesien het. Hulle hou in 'n parkeerarea stil en stap na die ingang. Binne is dit dof verlig en die musiek is sag. Daar is nog nie juis mense nie en Zaine sien die jong meisie agter die toonbank besig om voorraadopname te neem. Hy kug en sy swaai vinnig om.

"Ons is nog nie oop nie, eers van elfuur af. Julle sal moet wag tot dan."

Sy wou omdraai en met haar werk voortgaan toe Zaine haar vinnig keer en hulle aan haar bekendstel. Sy staan skielik met groot, bruin oë na hulle en kyk. Hy verduidelik vinnig hoekom hulle daar is en hy sien hoe sy merkbaar ontspan.

Hy haal 'n foto van die meisie uit en beskryf die man wat hy gesien het. Sy skud haar kop en verduidelik dat hierdie haar eerste dag is by die kroeg. Die vorige kroegdame het vir twee dae nie opgedaag vir werk nie en die bestuurder het haar verskeie kere al probeer kontak maar sy antwoord nie. Hulle kan met die bestuurder gesels. Sy neem hulle na 'n kantoor agter in die kroeg, klop en maak die deur oop. Sy kondig aan dat hulle daar is en verlaat die kantoor. Zaine en Kaptein skud hande met die lang man voor hulle. Kaptein begin vertel hoekom hulle daar is en die man knik net.

"Mag ek die foto van die meisie sien, asseblief."

Kaptein haal sy foon uit en wys vir die man die foto. Die man verbleek en knik sy kop. "Ja, dit is Angy. Sy was my kroegdame wat net verdwyn het."

Kaptein knik en begin hom uitvra. Soos die man antwoord, skryf Zaine dit neer.

"Ons het kameras in die kroeg en ek kan dit gou nagaan vir u. Niemand is bewus van die kameras nie want dan wil hulle inbreek om die beeldmateriaal te vernietig sou hulle iets verkeerds doen. Dit is ook goed weggesteek sodat niemand dit kan ontdek nie. Nie eers my werkers weet van die kameras nie. Stap saam, menere."

Hy neem hulle by 'n kamer in wat lyk na 'n soort stoorkamer. Daar is vier groot skerms met verdeelde beeld van elke kamera. Kaptein knik en kyk hoe die man voor die skerms gaan sit en na die betrokke datum en tyd soek waarna Zaine verwys het.

Hy staan op en wys vir Zaine-hulle om oor te neem. Hulle gaan voor die skerms sit en Zaine begin deur die beeldmateriaal te soek. Uiteindelik kry hy die beeld waar die man ingestap kom en na die toonbank stap waar die meisie hom vriendelik groet. Die kamera agter die toonbank wys elke persoon wat daar iets bestel en wie hulle bedien. Weer voel Zaine hoe hy kan gil van frustrasie omdat die man nooit die hoedjie afhaal nie en hulle nie sy gesig kan sien nie. Al wat hulle kan uitmaak, is die blonde hare wat onder die rand uitkrul. Dan sien Zaine iets in die spieël wat agter die toonbank is en hy voel hy wil opspring van vreugde. Hy druk 'n knoppie en vries die beeld om dit duideliker te kan beskou. Hy hoor hoe Kaptein sy asem vinnig intrek en hy glimlag breed.

"Ons het 'n gesig! Heng Kaptein, dit lyk soos een van ons manne wat daar sit! Is dit nie ...?"

Hy sien hoe die Kaptein verbleek en hy bly dadelik stil. Hulle is albei geskok en weet nie wat om daarvan te dink nie. Hulle was enige iets te wagte maar nie dit nie.

Met die beeldmateriaal veilig op 'n geheuestokkie keer hulle na die kantoor terug.

"Dit is nog nie te sê dat hy ons verdagte is wat ons na soek nie. Ek dink ons hou dit maar eers tussen ons tot ons sekerheid het voor ons hom inbring. Ek wil alles omtrent hom weet. Laat hom agtervolg en hou hom ongemerk dop. Ons moet hom op heterdaad betrap as ons hom wil vaskeer of ons moet 'n lokval vir hom stel."

Zaine knik en hy is dankbaar dat Kaptein nie nou sy gedagtes kan lees nie. Hy en die man het al saamgewerk en hy het baie gou agtergekom dat die man nie is wat hy voorgee om te wees nie. Na 'n week het hy Kaptein gaan vra vir 'n ander maat om saam met hom te werk en dit is hoe hy en Maddy bymekaar uitgekom het. Sy was die enigste een wat nog beskikbaar was. Voor die moorde begin het, het hy 'n getikte brief gekry wat hom baie sleg gemaak het en ook gedreig het. Hy het dit nooit aan enige een genoem nie en het gedink dit is net 'n siek grap wat iemand gemaak het. Hy moet die brief gaan soek en dit weer deurlees. Daar mag dalk leidrade wees.

In sy kantoor sit die kaptein weer na die beeldmateriaal en kyk. Zaine het die lêer van die man vir hom gebring en stadig werk hy daardeur. Zaine het besluit om sélf die agtervolging te doen en hy wou niks hoor van enige bystand nie. In die veertig jaar in die polisie en vier jaar as kaptein, het hy nog nooit so iets teëgekom nie. Van sulke dinge lees hy net in boeke of sien dit in flieks. Hy kan nie verstaan hoekom so 'n briljante jongman sy werk kan opoffer vir sulke wrede dinge nie. Hy vryf deur sy hare met lam vingers. Hy kan nog nie die man beskuldig as hy geen bewyse het nie. Hopelik maak hy een of ander tyd 'n flater sodat hy met die moord verbind kan word. Maddy se getuie en haar broer s'n sal nie genoeg wees nie. Hulle sal fisiese bewyse soek en dit het hulle nie nou nie. Die beeldmateriaal is ook nie genoeg nie en juis daarom voel hy magteloos. Hoe verhoed jy nog 'n moord as jy nie heeltemal seker is wie dit gedoen het nie?

Zaine sit rustig in sy motor en wag dat die verdagte uitkom by die winkel. Hy het die brief gevind en het dit ingegee by forensies om te kyk vir enige iets konkreets. Enige DNS of vingerafdrukke. Tot dan sal hy maar kyk wat die man aanvang tussen sy werksure. Hy kan nog steeds nie glo wat hy weet nie.

Nou goed, Maddy het genoem dat hy die man ken en hy kon nie dink wie dit kan wees nie. Hoe dom was hy nie! Hy moes tóg iets in die kêrel se praatjies opgemerk het. Hy onthou die een moordsaak waaraan hulle saamgewerk het. Die man het 'n baie goeie verbeelding en hy kan nie glo dat die man so bloeddorstig is nie.

Eindelik kom hy uitgestap in sy uniform en Zaine besef dat hy nou gereed is om met sy skof te gaan begin. Hy volg die motor op 'n distansie en hou heelwat later op sy plek voor die kantoor stil. Hy stap op sy gemak die gebou binne en sien vir Kaptein in sy kantoor sit. Die kaptein wink hom nader en hy staan versteend toe die man rustig in 'n stoel voor die kaptein sit.

"Zaine, ek is bly jy is hier. Hoe gaan dit nou met Maddy?"

Zaine sien die skelm oogknip en snap die boodskap wat die kaptein wil deurgee.

"Sy vorder goed, Kaptein. Sy is nog onder verdowing maar sy is buite gevaar. Hopelik teen môre sal sy sterk genoeg wees om vir my te kan sê wie haar so aangerand het."

Kaptein sug en wys hy moet gaan sit. Teen sy sin gaan hy op die ander stoel sit en kyk Kaptein ongeduldig aan.

"Ek wil hê julle moet saamwerk net tot Maddy ontslaan word en weer aan jou sy kan wees. Ek kom nie by alles uit nie en die werk raak te veel om net op te vang. Hier is 'n saak wat pas ingekom het. Hanteer julle dit, asseblief."

Zaine kyk woedend na die Kaptein, maar sien die erns op die gesig en besef dat dit sy manier is om die man langs hom ongesiens dop te hou.

"Goed, Kaptein, ons spring dadelik aan die werk."

Die kaptein knik en wys hulle kan maar gaan. Hy weet Zaine het sy boodskap gekry. Nou gaan hulle saam wees en Zaine kan 'n beter oog oor die man hou. Hy hoop nie hy het Zaine nou in die leeu se hok ingestamp nie! Soos hy kan aflei, het die man sy mes in vir Zaine.

Zaine en sy maat ry na 'n gebied net buite die dorp. Iemand het gekla dat daar van hulle beeste wegraak en dat die lyndrade telkens geknip is. Op die plaaswerf hou hy stil en hulle klim uit. 'n Ou man kom uitgestap met sy kakieklere en velhoed.

"Middag seuns, kan ek julle met iets help?"

Zaine verduidelik wie hulle is en hoekom hulle daar is.

”Nee, ou seun, ek het geen klagte ingedien nie. Seker my buurman, die inhalige sleg. Julle kan gerus by hom gaan hoor. My lyndrade is nog nes ek na dit gekyk het vanoggend.”

Zaine plooi sy voorkop en knik. ”Dankie, Oom. Jammer om u te kom pla het.”

Hoofstuk 11

Die ou oom haal sy hoed af as groet en begin in sy sakke soek na sy pyp. Zaine kan glad nie verstaan dat hulle op die verkeerde plaas kan wees nie. Die klagte het duidelik hierdie plaas aangedui. By die volgende plaas draai hy in en ry op na die plaashuis wat welig omring is deur bome en struike. Tot dusver was die man langs hom baie stil. Hy weet iets broei in daardie brein maar hy gaan beslis nie probeer uitvind wat nie. Hy gaan nie nou slapende honde wakker maak nie. Voor die groot dubbelverdieping hou hy stil.

Net toe hy wou uitklim, kom 'n middeljarige man uitgestorm met 'n dubbelloop haelgeweer.

"Gee pad van my plaas af of ek skiet julle vrek!"

Zaine hou dadelik sy hande omhoog en verduidelik wie hulle is. Die man verroer nie 'n oog nie en die wapen bly op hulle gerig

."Wat kom soek julle hier miskien! Dis my eiendom en ek skuld niemand enige iets nie!"

Weer verduidelik Zaine en hy sien hoe die man nou erg omgekrap raak.

"Dit was beslis nie ek nie! My lyndrade word elke dag nagegaan en sou daar enige iets wees, sou ek daarvan geweet het. Nou, maak dat julle wegkom voor ek op julle losbrand!"

Zaine knik net en trek weg. In die spieëltjie sien hy 'n jong meisie nou langs die man staan en hy merk op dat sy kollega haar ook opgemerk het. O nee, ou maat, hier gaan jy sleg tweede kom! dink Zaine. Hier sal jy geskiet word.

Terug op kantoor lig hy die kaptein in en gee weer die saak aan hom terug. Sy kollega het genoem dat hy gou badkamer toe wil gaan, dus het hulle 'n paar minute tyd alleen. Vinnig stel hy Kaptein in kennis wat op die twee plase gebeur het en Kaptein knik net.

"Goed, ek sal manne daar uitplaas. Kom ons hoop hy het gebyt aan die aas. Moenie jou te veel steur aan my neef se gedrag nie, hy weet wat hy doen. Ja toe, ek het dit juis so gereël want ek wil die knaap so gou as moontlik vastrek. Hou jy net jou oog op hom. O ja, voor ek vergeet, hierdie verslag het teruggekom. Ek gaan liewers nie uitvra nie. Die hospitaal het ook geskakel. Maddy en haar broer is beide buite gevaar en sy vra na jou. Blykbaar is jou lewe in gevaar. Glo meer as wat hare is. Jy kan my later alles vertel want hier kom lang ore."

Zaine frons en kyk oor sy skouer na sy nuwe maat wat rustig aangestap kom.

”Nouja toe, julle het werk om te doen, weg is julle! Kry ‘n saak en begin daarmee. Die son trek water en julle sit nog steeds met leë hande voor my. Skoert nou, ek is baie besig.”

Zaine knik net en stap voor die verbaasde kollega die lang gang af.

By ‘n klein winkeltjie hou hulle stil en sien dat die deure gesluit is. Gewoonlik is die winkeltjie tot na sewe saans oop. Zaine klim uit gevolg deur sy makker en hulle stap na die toe deure. Dis vreemd om die deure toe te vind hierdie tyd van die middag. Zaine besluit om agter om te beweeg en sien dat selfs hier geen beweging is nie.

Dan sien hy iets uit die hoek van sy oog en hy buk skielik af en swaai rats om. Hy weer die gevaarlike hou af en slaan met al sy mag en krag na die man voor hom. Die man vou in twee en hy slaan hom hard agter die nek. Stadig sak die man grond toe en hy boei hom vinnig vas. Is dit hoe jy wil speel? Nou goed, kom ons speel jou siek speletjie!

Zaine wag tot hy begin kreun en dan skielik aan die boeie ruk en pluk.

”Het jy nou gek geword man?! Hoekom is ek vas geboei?”

Zaine buk oor hom en wys na die pyp wat ‘n ent van hulle af op die grond lê.

”Jy het my probeer oor die kop slaan, maar jy het vergeet jy sukkel nou met die verkeerde man. Ek het jou afgeweer en jou buite aksie gestel. Ek wag nou net vir bystand sodat ek jou veilig agter tralies kan sit. Hierdie pyp gaan na forensies toe om te wys jou vingerafdrukke is daarop, nie myne nie. Eintlik sou daardie hou wat jy my wou gee, my dood gemaak het. Ah, net betyds. Kom, jy het baie om te verduidelik.”

Zaine trek hom regop en oorhandig hom aan die twee verbysterde manne wat by hulle aansluit.

”Ja manne, een van ons het na die verkeerde kant van die gereg gedraai. Wat hy julle ookal vertel, ignoreer dit. Ek sien julle by die stasie.”

Hy tel die stuk staalpyp met handskoene op en gooi dit in ‘n bewyssak in sy motor. Hy sal gou genoeg uitvind of hierdie vingerafdrukke ooreenstem met die enkele vingerafdruk wat hulle op die brief kon kry.

Kaptein sit ongeduldig en wag vir Zaine om terug te keer van forensies af nadat hy uitgevind het wat gebeur het. Hy sien Zaine eindelik die gang afgestap kom en wink hom vinnig nader.

"Maak toe die deur, ons moet praat."

Zaine sug en doen soos hy gevra word.

"Nou sit jy en vertel my presies wat gebeur het want die storie wat daardie uitvaagsel kwytgeraak het, maak net nie vir my sin nie. Ek meen te sê, hoekom sou jy hom dan kwansuis wou aanval en hy hom net probeer verdedig het?"

Zaine se ore tuit en hy begin nou wonder wie het vir wie aan die neus rond gelei. Hy begin deur te vertel van die winkel wat hulle wou besoek het om 'n saak van diefstal te ondersoek toe hulle die winkel gesluit kry en geen teken van enige lewe is nie. Wat in die agterplaas gebeur het en hoe hy hom vinnig buite aksie moes stel. Die pyp is reeds vir ontleding ingestuur. Nou moet hulle net wag vir die uitslag.

"Dis alles goed en wel, maar jy het een belangrike deel uitgelaat. Hoekom is sy vuurwapen weg en waarom het hy nie op jou probeer skiet nie? Vorige slagoffers is met 'n wapen geskiet nadat hy hulle sleg vermink het met 'n mes. Sy vuurwapen is nog nie gevind nie en ek is bevrees sonder daardie wapen is ons hande afgekap."

Zaine staan op en stap die kantoor uit sonder 'n woord. In die badkamer begin hy alle moontlike plekke soek, in die toilette se waterbakke, in die wasbakke se dreinpype, selfs bo in die dak, maar daar is geen teken van enige wapen nie. Hy sug en dink waar om nog te soek. In die hoek van die muur amper teenaan die vloer, is 'n baksteen half uit. Versigtig stap hy nader en hoor die deur skielik oopgaan en Kaptein ingestap kom.

"Wag, moenie daaraan raak nie! Ek het hulp ingeroep toe jy net skielik uitgestap het. Ons gaan getuienisse van ander moet kry as ons die saak wil wen. Hy kan dit in sy kop kry om jou te beskuldig dat jy dit daar geplant het. Staan eenkant toe, hulle sal dit ondersoek."

Zaine sien hoe twee van sy kollegas by hom verby skuur en na die los baksteen kyk, hurk en met 'n skerp voorwerp dit uitwikkel. Tussen 'n bebloede hemp en dokumente ook word die wapen gevind. Selfs foto's van al die slagoffers. Elke keer word daar foto's geneem voor iets uitgehaal word. Zaine is te geskok om te registreer wat om hom aangaan. Daar is selfs foto's van hom en van Maddy en haar broer.

Lank sit Kaptein voor die jong man wat steeds by sy eerste storie hou. Hy wou 'n slang reg agter Zaine doodslaan toe Zaine skielik omswaai en hom begin aanval. Hy weet hy het sy vuurwapen in Zaine se motor vergeet omdat die ding heeltyd in sy heup vassteek. Hy wou nie Zaine aanval nie, regtig. Kaptein skud sy kop, sug en staan op.

"Ons wag om van Zaine te hoor of jou vuurwapen wel in sy motor is. As daar 'n slang was, hoekom het hy julle nie gepik nie?"

Die jong man skud sy kop. "Hemel Kaptein, u ken my mos! Ek sal nie vir u lieg nie! Ek weet nie hoekom die slang ons nie gepik het nie! U moet my glo! Zaine het my aangeval, nie ek vir hom nie! Ek het te laat besef ek het my vuurwapen nie by my nie. Daarom het ek die pyp gegryp en wou dit doodmaak voor een van ons seerkry."

Die kaptein staan stil na hom en kyk. Nou goed, die man klink eg en opreg. Maar die bewyse raak nou net een te veel om weg te kyk. Zaine kom in en fluister iets in sy oor voor hy weer uitstap. "Verskoon my, daar het dringende sake opgeduik waaraan ek dadelik moet aandag gee. Ek sal weer met jou kom praat voor ek finaal besluit wat om met jou te doen."

Hy stap uit en gaan by die volgende deur in.

"Enige wapen in jou motor gevind?"

Zaine sug en haal die wapen met 'n lap uit die sak.

"Was tussen die twee sitplekke ingedruk nes hy gesê het, Kaptein. Die verslae het ook teruggekom. Die bloed op die hemp is Maddy s'n gemeng met bloed van Andrew. Die vingerafdrukke stem nie ooreen met syne nie. Die vingerafdrukke op die pyp stem ook nie ooreen met die afdrukke op die brief wat ek 'n paar maande gelede ontvang het nie. Dit stem wel ooreen met iemand anders s'n Kaptein, ongelukkig kan ek nog nie die man uitwys nie. Ons het weer die verkeerde man aangekeer. Ek was so seker dat dit hy is, maar ek moet erken, ek het 'n fout begaan."

Kaptein slaan sy gebalde vuis hard op die tafel voor hulle. "Verdomp Zaine! Wat gaan hier aan? Ek wil nou alles weet!" Zaine haal 'n afskrif van die brief uit sy sak.

"Lees eers dit, Kaptein, dan sal ek verduidelik."

Na 'n ruk gooi Kaptein die brief op die tafel neer. "Hoekom weet ek niks hiervan nie? Ek het gedink jy vertrou my genoeg om my hiervan te vertel het!"

Zaine knik en begin vertel wat hy van die brief gedink het. Dan vertel hy van die gebeure daarna en hoe hy die hele ding begin ontrafel het. Ja, hy het ook gedink dat hierdie man iets met alles te doen het, maar hy kan en mag nie nou enige name noem alvorens hy nie seker is nie. Beide mans het blonde krulhare. Die enigste verskil tussen hulle is dat die een bles begin raak terwyl die ander een nog 'n bos hare het.

Die een met die bles sit in die vertrek voor hulle. Hulle is glad nie verwant nie tog lyk hulle na mekaar.

"Glo my Kaptein, vertrou my net, ek sal alles later wel verduidelik. Moet hom nog nie laat gaan nie, ek wil hom as lokaas gebruik. U sal later beter verstaan."

Hy druk die man voor hom se skouer voor hy die vertrek haastig uitstap. Nou om sy plan in aksie te omskep. Hierdie keer moet hy wakker wees want hierdie moordenaar is nie onder 'n kalkoen uitgebroei nie.

Hoofstuk 12

Kaptein skud sy kop en vryf sy ken. Wat voer Zaine nou weer in die mou? Hy trek sy skouers op en stap na die vertrek waar die jongman sit.

”Jammer jy moes so lank wag. Goed, ons het jou wapen gevind en dit is na forensies gestuur vir ontleding. Ongelukkig moet ek jou hier hou tot ons die verslag terug ontvang het en dit jou gevrywaar het. Ons gesels later weer. Ek het 'n hoop papierwerk om af te handel.”

Hy sien die skok en ongeloof op die gesig voor hom. Nou moet hy net geduld gebruik en op Zaine wag vir enige aksie. Kaptein stap met krom skouers na sy kantoor. Sedert sy dogter se moord is hy haastig om die skuldige agter tralies te kry. Dit is 'n pyn wat hy niemand gun nie en nou moet hulle omtrent daagliks aan ouers vertel dat hulle dogters vermoor is.

Zaine, vermom met 'n baard en snor, 'n bril en met sy hsre in 'n ander styl gekam, stap die groot vertrek in die kroeg binne en sien dadelik 'n man in die een donker hoekie sit. Hy was dus reg, hy het nie vandag 'n skof nie en weet dat hy hom soos die ander polisieman vermom om sy slagoffers te soek. Hy sien 'n jong meisie so drie tafels van die man af sit wat hom heeltyd dophou. Versigtig versteek Zaine hom agter die een groot plant naby die deur. Hier kan hy alles dophou en sien wat die man se planne is. Nes hy verwag het, staan die man op en gaan by die meisie sit. Dit lyk of sy huil want die ou se arm gaan beskermend om haar skouers.

Uiteindelik, na so drie drankies, staan hulle op en Zaine sien dat hulle gereed maak om die kroeg te verlaat. Hy spring skielik op net toe die meisie saam die man verby hom stap.

“Verskoon my, juffrou, ek het 'n dringende boodskap van u werkgewer af. Kan ek u gou vir 'n oomblik alleen sien? Dit sal nie lank neem nie.”

Die meisie frons en kyk hom baie snaaks aan. ”Ek is jammer, meneer, maar ek het nie nou 'n werk nie. Ek dink jy het die verkeerde persoon hier beet.”

Hy kug en maak of hy opreg om verskoning vra voor hy omdraai en na die kroegtoonbank loop. Met 'n grynslag gaan hy op 'n stoel sit en wag net tot hulle by die deur uit is voor hy haastig na buite beweeg. Nou goed, kom ons kyk waarheen neem jy die meisie!

Zaine haal 'n instrument uit sy paneelkissie en hou dit angstig dop. So, jy kies weer dieselfde woongebied! Nou goed, kom ons kyk of ek jou kan vind sonder om jou snuf in die neus te laat kry. Op sy gemak ry hy na waar die kolletjie beweeg en sien dat dit eindelik gestop het. Hy kyk in die straat af en sien dan die vreemde silwer motor by 'n leë erf. Hy kry dadelik bystand en vra dat Kaptein ook moet kom. Haastig klim hy uit en beweeg versigtig nader. Daar hang geen gordyne voor die vensters nie en hy loer deur elke een om te sien wat daar binne aangaan.

"Nee, ek het gesê los my uit! Eina! Jy maak my seer! Los … my …. uit!"

Zaine sien deur die sitkamervenster hoe die meisie die man baie hard met haar handsakkie slaan en dan baie vinnig na die oop deur agter hardloop. Die man is half bedwelmd toe hy haar strompelend agternasit. Hy is net betyds om die man te oorval en te boei.

"Rustig nou, ou maat, hierdie keer is jy vas en ek gaan nie dat jy gou hier loskom nie. O nee, jy ruk verniet! Ek gaan jou hier vashou tot my bystand hier is. Daarsy, rustig nou."

Zaine kyk op en sien die meisie selfvoldaan na hom kyk.

"Goeie vermomming, Zaine! Ek het gevoel toe jy iets aan my handsakkie vasdruk. Baie goeie plan gewees. Is Kaptein ook op pad hierheen? Ek glo hy sal van die opname hou wat ek gemaak het vir hom as bewyse. O ja, jy ken my nog nie. Ek is Teresa. Kaptein is my pa se neef. Julle was op ons plaas om veediefstal te ondersoek?"

Zaine kyk verstom na die jong meisie. Nou voel hy werklik of hy homself in die see kan gaan verdrink.

"Wat dra jy in daardie handsak van jou?" Sy keel is droog en hy voel of die aarde hom kan insluk.

Haar rinkellaggie laat haar skalkse glimlag en haar potblou oë skielik so sag lyk.

"Net rivierklippe. My pa het my so geleer want dit slaan enige aanvaller katswink. Ek was nie baie bekommerd nie want ek het geweet jy sou opdaag. Ag, dankie tog, hier is Kaptein ook nou!"

Hy kyk haar agterna waar sy op Kaptein af hardloop en hom styf om die nek val. Hy sien hoe sy iets aan hom oorhandig. Kaptein kom met haastige treë na hulle aangestap en nog voor hy weet wat om te verwag, voel hy hoe die man onder hom in 'n bondel saamtrek.

”Jou uitvaagsel! Ek sal seker maak dat jy nie gou weer daglig sien nie. Zaine, neem hom weg en boek hom dadelik vir elke moord, elke verkragting en elke aanranding! Maddy is wakker, sy vra sterk na jou. Ek wil my neef se dogter self huis toe vat. Ek vertrou nie een van my eie mense meer nie!”

Zaine hoor nog hoe die verbaasde man hyg na sy asem na daardie dodelike skop in die ribbes.

By die kantoor maak hy eers seker dat alle formaliteite deeglik afgehandel word voordat hy na Maddy gaan in die hospitaal. Hy weet nou sonder twyfel dat hulle die regte moordenaar agter tralies het. Hy frons net as hy die beeldskone Teresa saam die skurk in sy gedagtes sien. Hoekom het Kaptein hom nie ingelig dat hy ‘n lokval beplan het nie? Hy voel soos ’n idioot! Maddy gaan hom weer eens uitlag.

Daardie aand sit Zaine voor die TV en hou die nuus dop. Hulle dorpie het nog nooit die nuus gehaal nie, maar hierdie het baie gou die groter dorpe se belangstelling geprikkel en nou wil al wat ‘n nuusagentskap is, kom aas vir ‘n sappige storie.

Hy dink weer aan Maddy wat nou alles onthou en haar hele verklaring gegee het oor die kollega. Niemand het hom verdink nie en hy kon hom soos enige iemand vermom om in sy doel te slaag. Selfs sy stem kon hy gou verander. Hy kan nog steeds nie verstaan hoekom die man hom wou uittart nie of vir Maddy by die dood laat omdraai het nie. Hy ken nie werklik die man nie en het nog nie op ‘n saak saam hom gewerk nie.

Teresa staan in die TV-beeld langs Kaptein en die lang, blonde hare hang los oor haar skouers. Zaine kyk en luister hoe sy haar ervaring deel en ys nog steeds oor dit wat hy gesien het. Skielik lui sy foon. Vies bekyk hy die ding. Hy het gehoop dat sy foon nou sal stil raak nou dat alles verby is.

Met ‘n sprong sit hy regop toe Teresa se sagte stem in sy oor opklink. ”Hoe lank moet ek nog staan en klop voor jy gaan kom oopmaak? Ek weet jy is tuis want jou motor staan in jou motorhuis en daar brand lig onderdeur die deur.”

Hy gooi die foon op die bank neer en spring dadelik op. Hy ruk die deur vinnig oop en deins terug toe hy die man van die dubbelloop haelgeweer voor hom sien staan.

Die man het nou ‘n netjiese pak klere aan en die haelgeweer is nie in sy hand nie. Hy sien die hand wat die man na hom uithou en neem dit onseker.

”Dankie dat jy daar was vir my dogter. Ek moes my neef omtrent blink lek om jou adres te kry want ek wou jou persoonlik kom bedank. Mag ons binnekom of ...”

Zaine tree agteruit en laat sy besoekers by hom verbystap.

”Ek het net my werk gedoen, meneer.”

Die man glimlag sag en skud sy kop. ”Noem my gerus Danie of oom Danie as jy wil. Jy hoef regtig nie so beskeie te wees nie want jy het meer as net jou werk gedoen. Jy het 'n lewe gered wat 'n ander wou neem. O, glo my, ek was baie gekant teen alles. Maar my neef het genoem dat jy daar sou wees en dat my dogter veilig sou wees.”

Die hele tyd hou hy die jong meisie aan haar vader se arm stil dop. ”Ek is bly ek was daar, oom Danie. U het regtig nie nodig gehad om die hele pad hierheen te kom om my te kom bedank nie. Ek het regtig net gedoen wat ek moes. Dit was niks spesiaal nie.”

Danie staan lank na hom en kyk voor hy weer glimlag en iets uit sy sak haal.

”Dit is 'n uitnodiging na my dogter se mondigwording die naweek. Sy wil geen ander jongman aan haar sy hê as vir jou nie. Dit begin so vieruur die middag op die plaas. O ja, jy mag daardie muis van 'n maat saambring wat saam jou op my plaas was.”

Zaine wou dit nog van die hand wys, toe hy 'n sagte soentjie op sy wang voel en hulle by die deur uit verdwyn. Hy plons verdwaas op die bank neer. Hoe maak hy nou? Hy sit weer die klank aan en kyk geskok na al die slagoffers se gesigte wat hulle nou wys. Maddy staan saam met Andrew terwyl sy haar getuienis gee oor wat gebeur het. Haar ma se foto is in albei se bewerige hande vasgeklem.

Hy vryf deur sy hare met bewende vingers. Sal hy ooit daardie dag kan vergeet? Skielik staan Kaptein voor die kameras en gee hy sy toespraak. Hy luister aandagtig en voel hoe hy wil wegkrimp op die bank toe Kaptein hom die eer gee omdat die saak opgelos is en die skuldige nou lewenslank agter tralies opgesluit gaan word.

Hy skakel die TV af en stap na sy kamer. Wat hom nog steeds pla is hoekom hy die teiken was van daardie moordenaar? Op 'n rakkie bokant sy bed staan 'n toekenning wat hy verlede jaar vir beste speurder in die kontrei verwerf het. Hy gaan bo-op die bed met sy hande onder sy kop lê. Weer begin sy foon lui en hy sug toe hy besef dit is nog in die sitkamer op die bank. Hy staan op om dit te gaan haal toe dit ophou lui. Hy tel dit op en kyk op die skerm om te sien wie het hom probeer bel.

Met bewende hande gooi hy die foon neer. O nee! Dit moet verkeerd wees! Hy druk die groen knoppie en wag vir die stemboodskap.

"Ek sien jy het eindelik teruggebel. Knap gedaan met jou speurwerk, maar jy is lank nog nie klaar nie. Nog een laaste saak vir jou om op te los voor jy heeltemal klaar is. Die meisie van wie se foon ek nou bel, is een van die vele slagoffers. Daar is egter nog een meisie wat jou hulp nodig het. Vind uit wie sy is, spoor haar betyds op of sit met nog 'n moord op jou hande."

Hoofstuk 13

Skielik is die foon dood en hy voel hoe die spanning in hom opvlam.

Teresa! Dadelik begin hy haar nommer skakel en na die derde probeerslag, druk hy met bewende hande die Kaptein se nommer.

"Ja, wat is dit Zaine? Normale mense slaap hierdie tyd van die aand."

Hy kan hoor die Kaptein is deur die slaap en is nou baie omgekrap omdat hy hom wakker gemaak het.

"Ek moet dadelik met u praat. Teresa is weg en haar lewe is in gevaar."

"Kry my oor vyf minute by my huis. Jy moet 'n baie goeie verduideliking te hê oor die bewerings wat jy nou gemaak het."

Hy hoor die foon gaan dood. Haastig trek hy aan. Hy hoop ook dat hy verkeerd is.

Hy hou voor Kaptein se huis stil en sien hoe die voordeur oopgaan. Kaptein klim langs hom in en kyk hom stip aan in die dowwe maanlig.

Zaine vertel hom dat hy 'n oproep van een van die slagoffers se foon gehad het en dat die man hom duidelik laat verstaan het dat daar nog 'n meisie is wat sy hulp nodig het, dat dit die laaste keer sal wees sou hy haar betyds kon kry. Hy onthou waar die meisie se lyk gevind is en trek weg. Kaptein sit net in stilte en eers toe hulle op die moordtoneel stil hou, kyk Kaptein weer na hom.

"Dink jy werklik sy sal hier wees?"

Zaine kyk hom vinnig sydelings aan voor hy uitspring en teen die heuwel op hardloop. Hy lig met die soeklig orals om hom en skielik gaan hy versteend staan. Vars bloed en 'n groot kol daarvan. Kaptein staan skielik langs hom.

"Net nie nog 'n moord nie!"

Zaine hoor die angs in die Kaptein se stem en skud sy kop. Hierdie is nie mensbloed nie. Dit is dierebloed.

Hulle hoor tegelyk die sagte geroep en Zaine begin dadelik in die bome se rigting beweeg. Onder 'n boom sien hy 'n meisie vasgebind en daar is lelike krapmerke op haar lyf. Haar klere is oopgeskeur en haar lang, blonde hare hang wanordelik oor haar gesig. Kaptein storm dadelik op die meisie af en Zaine is net betyds om hom te keer.

"Dit is 'n lokval Kaptein! Kyk daar!"

Hy hoor Kaptein na sy asem snak en kyk hom bevrees aan. Nog nooit het hy met so iets te doen gekry nie. Zaine lig in die gat voor die meisie. Skerp penne is met hulle punte na bo daarin geplant. Iemand wat onverhoeds daarin val, sal gruwelik vermink word.

"Ek kry dadelik 'n ambulans en bystand. Maar hoe kon hy dit doen as hy agter tralies is?"

Zaine trek sy skouers op en beweeg baie versigtig nader om nie in die groot gat te trap nie. Sy oë verken alles om hom vir enige iets wat verdag lyk. Eindelik is hy by die meisie en met 'n sug van verligting sak hy langs die meisie neer.

Dit is nie Teresa nie!

Die ambulans is reeds met die meisie weg na die hospitaal en Zaine sit nog steeds teen die boom waar die meisie vasgebind was. Daardie stem sal hy herken. Dit was iemand wat 'n opname gemaak het. Hy kon die klik hoor op die foon en dit beteken net een ding. Hy het die meisie hier kom vasbind lank voor hy vir Teresa by die kroeg gekry het. Dit is die enigste verduideliking. Kaptein kom langs hom staan.

"Teresa is ongedeerd en by haar pa. Hopelik kan ons almal nou tot ruste kom. Aangesien jy my hierheen gebring het, sal jy nou so gaaf wees om my weer huis toe te vat? Ek wil nog vir die laaste uur of so my oge gaan sluit. Jy kan ook doen met slaap."

Zaine staan op en knik stadig sy kop. Hy sal nie rus voor hy nie met die skurk gepraat het nie. Hierdie was nou een te veel en voor hierdie son opkom, wil hy antwoorde hê. Hy stap agter Kaptein aan en by sy motor gaan hy eers stilstaan om terug te kyk na die donker bome waar die meisie gevind is.

Voor Kaptein se huis hou hy stil en groet voor hy wegtrek. By die gevangenis waar die skurk aangehou word tot hy na die groot gevangenis op die naburige dorp verskuif kan word, hou hy stil. Hy stap na die kantoor waar sy jarelange vriend, Charel, agter die tafel sit. Hulle groet en hy verduidelik hoekom hy daar is.

Sy vriend trek sy gesig en staan op. "Jy weet ek mag jou nie sonder toestemming daar laat ingaan nie. Ons albei kan in groot moeilikheid kom. Kom ons doen dit reg en kry eers toestemming."

Zaine skud sy kop. "Hy word oor 'n paar uur geskuif en dan gaan ek nie gou weer die geleentheid kry om met hom te praat nie. Asseblief, Charel. Ek het nie baie tyd nodig saam met hom nie."

Charel knik eindelik instemmend en wys dat hy alles hier in sy kantoor moet laat in die kluis. Zaine handig alles wat hy by hom het, in en volg sy maat na 'n vertrek met dik glas. Eindelik kom die bewaarders met die man ingestap en hy sien hoe die man skielik grynslag voor hy stadig gaan sit.

"Waaraan het ek hierdie eer te danke?"

Zaine voel hoe sy nekhare rys met die aanhoor van daardie koue stem.

"Ek wil weet hoekom ek? Hoekom het jy my geteiken met jou siek dade?"

Weer grynslag die man net en Zaine kyk vas in dieselfde koue grys oë wat hy van sy vader onthou.

"Kon jy nog nie twee en twee bymekaarsit nie, my liewe broer? Jy is die oorsaak dat ek nooit my pa geken het nie. Jy was altyd die voorbeeldige een. Jy wat nooit iets van ons eie ma wou weet nie! Ek was die een wat na haar trane moes luister! Ek moes hoor hoe sy so na jou verlang! Dan kom jy hier in om my onder die mat in te vee! Ek het wraak gesweer daardie dag toe ek oor haar lyk moes staan en die bloed nog van my hande afgedrup het. Ek kon haar gesanik nie meer hanteer nie! Ek het gesoek tot ek julle opgespoor het. Pa het gekry wat hom toekom! Daardie ongeluk was ek wat een te slim was vir jou! Nou trek ek jou saam met my in die afgrond in want jy sal nie hier uitstap met asem in jou longe nie. Jy sal boet vir alles wat ek moes deurmaak! Jy het die trofee gekry wat ek so hard aan gewerk het! Jy sal sterf! Hoor jy my! Jy sal sterf!"

Zaine sit versteend toe die bewaarders met die man by die deur uit verdwyn.

Zaine sit weer in sy vriend se kantoor en wag dat hulle die tyd aankondig vir die verskuiwing. Hy wil een laaste keer na die man kyk wat beweer dat hy sy broer is. Charel kom ingestap en wys dat hy hom moet volg. Hulle staan op die balkon met digte vensters en uitkyk op die blad waar die vangwa gereed staan. Zaine sien die man by die trappies huiwer en stadig omdraai, opkyk na waar hulle staan, voor hy deur die wag in die wa gedruk word.

Zaine sit voor Kaptein en lank nadat hy sy vertelling klaar het, kyk die twee mekaar net stip aan.

"Die prentjie is nou duidelik, Kaptein. My broer het hom vermom, eers as Andrew en daarna as ons kollega wat ons onskuldig aangekeer het. Hy werk saam met ons span, ken alles dus deur en deur en kon ons so lank flous."

Hy skud sy kop.

"En dit alles om op jou wraak te neem! Wat wil jy nou doen Zaine? Jy het nou sy verduideliking en dit klink nie goed as ek so daarna luister nie. Ek hoop nie jy oorweeg dit om te bedank nie?"

Zaine ruk sy kop op en kyk die Kaptein ongelowig aan.

"Wat laat u so iets dink!? Nog nooit sal ek my werk los net omdat ek iets ontdek het wat ek nooit geweet het nie. Nee, ek sal aanbly. Daar is een versoek egter. Ek wil my ma se graf opsoek en haar by my pa tot ruste laat bring. Hy het altyd maar gehoop sy sou terugkeer na ons toe."

Die Kaptein skud sy kop. "Laat die dooies met rus, ou seun. Hulle is lankal nie meer in daardie graf nie. Die wurms het hulle klaar opgevreet. Laat sy eerder in jou hart tot ruste kom. Maak vrede daarmee en stap aan. Ek weet dit is nie 'n maklike pad nie, maar jy sal wel deur dit kom."

Zaine kyk lank na die Kaptein voor hy stil op staan en by die deur uitstap. Hy moes deur bloedspore van wraak gaan om die waarheid te hoor en nou moet hy alles net so los en vrede maak met dit wat gebeur het?

Maddy frons diep toe hy langs haar op die hoek van haar tafel gaan sit. "Enige iets waarmee ek jou kan help, maat?"

Zaine draai sy kop stadig na haar en skud sy kop. "Ek glo nie iemand kan my met dit help waarmee ek nou moet worstel nie. Is jy lus vir koffie? Ek het nou dringend een nodig na al hierdie donker tyd wat ons deur is. Moes jy nie nog 'n dag by die huis gebly het nie? Jou broer het jou ook nou nodig na wat met jou ma gebeur het. Julle albei het tyd nodig om saam te rou oor haar."

Maddy skud haar kop. "Ek treur oor haar, maar sy is op 'n beter plek. Andrew is veilig en hy vra elke dag na jou. Jy het 'n baie groot indruk op hom gemaak. Vir hom is jy 'n super hero."

Zaine glimlag stil en skud sy kop. Hy is ver van enige superhero af. Tog is hy bly die jongman is veilig.

"Ek sal vanaand 'n draai maak na werk. Nou kom, daardie koffie wag reeds lankal vir ons."

Kaptein sit met sy dogter se foto styf in sy hande vasgeklem. "Ons het die skuldige my kind. Nou kan jy in vrede rus."

Die gelukkige glimlag op haar lippe en die sprankel in haar ligte bruin oë staar terug na hom. Hy voel weer die trane wat dreig om te loop, maar druk dit vinnig terug. Hoe stap 'n ouer na 'n kind se dood verder deur die lewe? Dit is nog baie rou in hom en hy weet hy het 'n baie moeilike pad wat op hom wag. Hy kyk op en sien hoe Zaine agter Maddy die lang gang af stap. Hy is dankbaar dat nie almal dood gevind is nie. Maddy het ook 'n harde pad om te stap en hy is trots op haar dat sy so sterk is. Sy moet gaan vir berading, maar sy weier.

Sy beweer dit is alles werk en sy kan dit hanteer. Hy is nie so seker nie.

Hoofstuk 14

Teresa sit daardie Saterdagoggend by die enigste haarkapper op die dorp. Vandag wil sy op haar mooiste lyk. Sy kan nie glo sy is so pas een en twintig jaar oud nie! Haar pa is ewe trots op haar omdat sy vandag haar Landbougraad ontvang het. Haar broers wou nie een in hulle pa se voetspore volg nie. Sy kan nie glo hulle hou nie van boer nie! Haar een broer is tans in Australia vir sy finale jaar om hom te bekwaam as veearts en haar jongste broer studeer in die Regte. Sy het tuis studeer om haar pa met die boerdery te help.

Nou wens sy dat sy haar eerder as 'n polisievrou bekwaam het want dit lyk baie interessant. Tóg is sy bly sy het nie, na wat alles gebeur het. Sy is net dankbaar dat sy na haar pa geluister het en 'n paar rivierklippe in haar sakkie gesit het. Dit het werklik haar lewe gered. Die opwinding was lekker maar die angs was net een te veel. Zaine het gelukkig die klein apparaat teen haar sakkie vasgedruk en sy het dadelik geweet sy is veilig.

Zaine sit in sy motor en kyk oor die oop plaaswerf. Hier is nog geen motors nie en hy is onseker of hy tóg moes gekom het. Hy glo nie aan liefde met die eerste oogopslag nie en tog praat sy hart 'n vreemde taal as hy net aan die meisie dink. Skielik gaan die deur oop en hy sien oom Danie stadig in sy rigting aangestap kom. Hy klim uit en groet die uitgehoue hand en stap agter hom die huis binne.

"Ek is werklik bly jy kon kom. Teresa is al heel oggend soos 'n rooimier, op en af en sy kan net nie stilsit nie. Tot ou Dorah op die dorp het my gebel en gevra hoekom ek vir haar 'n rooimier gestuur het om haar hare te laat doen. Daar is sy juis nou, dus … En sy is weer weg. Nou ja, kan ek vir jou iets te drinke aanbied?"

Zaine lag saggies en skud sy kop. "Ek kan ongelukkig nie bly nie, oom. Daar is iets wat ek moet gaan doen wat ongelukkig nie kan wag nie. Ek sal kyk sodra ek terug is of ek gou weer kan kom draai, mits dit nie te laat gaan wees nie."

Danie skud sy kop. "Ag nee, ou seun, Teresa is juis opgewonde omdat jy hier gaan wees. Jy kan nie nou haar dag bederf nie. Wag, hier kom sy juis nou na ons toe aangedraf. Bly eerder stil en volg die stroom."

Zaine draai vinnig om toe iemand hom skielik van agter af gryp en hy voel hoe sy ingewande saamgepers word.

"Ek is so bly jy is hier! Kom, ek wil jou iets gaan wys!"

Hy voel hoe sy hom agter haar aansleep en kry nie kans om te protesteer nie.

Hulle staan voor die perdestalle stil en sy oog vang 'n spierwit perd wat oor die onderdeur loer.

"Dit is Spokie. Sy is besig om te vul en daardie vul gaan jou naam dra, mits dit 'n hingsie is."

Skielik staan sy verbaas oor die onderdeur en loer en gil van blydskap. "Kom kyk na jou naamgenoot! Oeee! Hy is pragtig! Kyk!"

Zaine loer oor haar skouer na die vulletjie wat nog mankerig op sy bene probeer staan. Hy glimlag vir die gedagte wat by hom opkom en hy druk ingedagte haar skouer sag.

Teresa draai stadig om en kyk op na hom. Hy kyk skielik af na haar en voel die drang om haar te soen te sterk word. Vinnig tree hy weg en kug.

"Luister Teresa, ek het jou geskenkie gebring, maar ongelukkig sal ek nie kan bly nie. Daar is iets wat ek moet gaan doen en ek weet nie wanneer ek terug sal wees nie."

Hy sien die hartseer vlak oor haar gesiggie versprei en wens hy het nie nodig gehad om dit juis nou te doen nie. Hy moet net by die gevangenis uitkom want hy wil weet waar sy ma begrawe is.

"Dis seker maar reg so, Zaine. Ek is bly jy het self kom sê en nie net 'n boodskap gestuur of gebel nie. Kom maak 'n draai sodra jy terug is, maak nie saak hoe laat jy terugkom nie. Ek sal saam jou stap tot by jou motor."

Sy druk haar handjie deur sy arm en saam stap hulle na waar sy motor staan.

"Ry asseblief versigtig en kom veilig terug." Haar stem is sag, tóg kon hy die emosie in haar stem hoor.

"Ek sal, dankie. Hier is jou geskenkie. Lekker verjaar, meisie. Hoop jy het 'n vreugdevolle verjaarsdag. Dra my groete oor aan jou pa en maak asseblief vir my verskoning."

Sy knik net en skielik voel hy haar sagte lippe op syne. Sy hande gly stadig om haar middeltjie en hy voel hoe alles om hom stilstaan. Eindelik lig hy sy kop en vryf sag oor die punt van haar neusie.

"Ek sal jou bel, reg so?" Sy knik en hou die motor stip dop toe hy die werf uitry.

Gelukkig het haar pa 'n week tevore op haar aandrang die groot partytjie gekanselleer want sy wou nie 'n groot affêre gehad het nie. Al wie nie in kennis gestel was nie, was Zaine want hom wou sy hier gehad het. Sy stap die huis in en sit haar geskenkie op die tafel by die deur neer.

Zaine sit ongeduldig en wag op die gevangene om by hom aan te sluit. Hy voel moeg. Dit was 'n lang en eensame pad. Hy het so baie vrae en net hierdie man wat beweer hy is sy broer, kan die vrae beantwoord. Eindelik kom die bewaarder maar sonder enige teken van die gevangene. Hy staan met 'n frons op en stap nader.

"Jammer, hy wil nie met u praat nie. Hy weier om enige besoekers te ontvang."

Zaine voel hoe woede deur hom spoel en weet dat hy nie daardie skurk kan verplig om te doen wat hy nie wil nie.

Hy knik en draai om na die deur.

"Voor u gaan. Hy het hierdie koevert vir my gegee om aan jou te oorhandig. Hy het gesê jy sal verstaan?"

Zaine frons en neem die koevert. Versigtig maak hy dit oop en haal 'n foto van sy ma saam sy pa uit. Sy ma was swanger en hulle het werklik gelukkig gelyk. Daar is 'n brief ook in en hy maak dit met bewende hande oop.

"Jy het seker nie geweet dat ons 'n tweeling was nie nè, liewe boeta? Natuurlik is jy die oudste, ek is twee minute na jou gebore. Ons lyk nie na mekaar nie, tog is ons een. Gaan soek die album wat jou pa weggesteek hou in die kluis. Ek weet jy het nog die huis en dat daar nou niemand bly nie want ek het baie daar verbygery die laaste ruk. Gaan soek jou antwoorde daar en bly uit my lewe uit. Ek is waar jy my wou gehad het. Gaan, voor dit te laat raak vir jou en ek miskien my besluit verander om jou te laat leef."

Zaine skud sy kop. Hoe kan hy die man glo as hy nie met hom wil praat nie? En boonop goed sê wat nie sin maak nie?

Zaine ry ingedagte na die huis waar hy grootgeword het. Ja, hy het die plaas en alles net so gelaat omdat hy nie daar wou aanbly ná sy pa se dood nie. Hy hou voor sononder voor die groot gewelhuis stil. Stadig klim hy uit en stap teen die kliptrappies op. Ou Sunny en sy vrou bly al die jare nog hier en hulle hou alles in stand vir hom.

Onder die voordeurmatjie vind hy die sleutel en sluit oop. Hy stap die huis binne en gaan in die sitkamer staan. In sy verbeelding sien hy sy pa voor die kaggel sit met sy koerant en die beker koffie wat yskoud langs hom op die tafeltjie staan. Die stoel met die tafeltjie staan nog net soos sy pa dit gelos het. Hy stap vêrder na die studeerkamer. Hier mag hy nooit gekom het nie. Dit was sy pa se heiligdom en nie eers ou Sannah was hier toegelaat nie. Hy sluit die deur oop en gaan versigtig binne. Die half skemer laat sy nekhare nog steeds hier rys en hy trek sy skouers regop.

Hy skakel die lampie op die lessenaar aan en stap na die kluis. Hy druk die kode in en die deur klik oop. Versigtig haal hy alles uit die kluis en heel onder al die dokumente, vind hy die versteekte album. Hy tel dit op en stap na die stoel wat nog netjies onder die lessenaar ingestoot is. Hy maak dit oop en begin stadig daardeur blaai. Dan sien hy die foto van twee babas wat saam in een wiegie lê. Hulle lyk regtig nie na mekaar nie en dit is baie verstommend om dit te sien.

Versigtig haal hy die foto uit en kyk lank daarna. Hy druk dit in sy sak en maak die album toe. In die kluis sien hy nog 'n koevert wat verseël is en haal dit uit. Hy frons en stap terug na die stoel toe. Met die briewemessie skeur hy dit versigtig oop. Hy haal briewe uit. Die briewe is in 'n baie fyn handskrif geskryf waarin daar baie dinge duidelik gemaak word. Hy sit dit weer in die koevert terug en sit die liggie af voor hy uitstap en die deur weer sluit. By sy motor gaan hy eers staan en voel hoe die vrae meer word. Hy kyk weer na die huis voor hy in sy motor klim en van die werf af ry.

In sy eie woonstel plons hy op die bank neer. Hy weet al die antwoorde word in hierdie briewe uitgelê, maar is hy reg om nou die waarheid te weet?

Hoofstuk 15

Hy haal eers die briewe uit en kyk lank na die fyn skrif voor hy dit begin lees. Hoe meer hy lees, hoe meer voel hy hoe sy bors toetrek. By die laaste brief sit hy met trane in sy oë. Hy sit die brief op die hoop neer en staan op. By die venster kyk hy uit na die donker nag.

Hoekom was sy pa so gevoelloos teenoor sy ma? Hy het nooit oor haar gepraat nie en hy het meer as een keer hom laat verstaan dat sy ma dood is. Nou moet hy uitvind dat sy pa al die jare vir hom gelieg het. Sy pa was streng en 'n perfeksionis. Soms het hy pak gekry vir niks en moes hy maar aanvaar dat sy pa hom tugtig oor iets wat hy nog gaan aanvang.

Hy het nie 'n maklike kinderlewe gehad nie. Tóg was hy op sy manier lief vir sy pa en uit respek het hy nooit gekla as hy onnodig slae kry nie. Hy stap weer na die bank en tel die dokumente op. Sy ma het toesig en beheer oor sy boetie, Johan, gekry en sy pa oor hom. Hulle mag nie kontak met mekaar gemaak het na die skeisaak nie. Hy het nie geweet dit is ses maande na hulle geboorte uitgereik nie! Dit is hoekom hy nie sy ma kan onthou nie of van sy boetie geweet het nie. In die skeibrief staan dit duidelik hoekom hulle geskei het. Dit is oor sy boetie nie normaal was nie. Sy pa kon dit nie hanteer nie en het sy ma weg gejaag. Dit is haar verklaring. Sy pa se bewering was dat sy rondgeloop het tydens hulle huwelik en dit is hoekom sy 'n ander man se kind saam met syne het.

Sy pa kon nie sy boetie aanvaar nie. Punt. Nou het daardie boetie wraak geneem op sy ma, sy pa en hom 'n rits moorde besorg. Kan hy hom verkwalik? Seker nie. Tóg voel hy die weersin in sy pa se handel. Gaan hy ooit met sy gewete kan saamlewe noudat hy die waarheid weet? Kan hy nog sy boetie haat vir dit wat hy gedoen het nou dat hy meer uitgevind het wat hom aanevuur het om die bose dade te pleeg? Beslis nie! Hy staan op en sien dat dit bykans middernag is. Hy stap na sy kamer en gaan met klere en al bo-op die bed lê. Met sy hande onder sy kop gevou lê hy die hele nag na die plafon en staar. Sy gedagtes bly deurmekaar gons en die slaap wil net nie kom nie.

Reeds voor sonop staan hy voor die spieël en skeer. Hy het niks geslaap nie en hy weet vandag gaan baie lank wees. Maak nie saak hoe moeg hy is nie, hy het werk om te doen. Skielik lui sy foon op die bad se rand en hy sug. Hy vee sy hande met die gesighanddoekie af voor hy dit antwoord.

"Zaine, kan jy so gou jy kan na die gevangenis kom? Dit is regtig dringend."

Nog voor hy kan vra wat so dringend op 'n Sondag is, gaan die foon dood aan die ander kant. Hy kyk na sy gesig vol skeerroom en grom innerlik. Haastig spoel hy sy gesig af en gryp sy foon voor hy by die deur uitstorm. As 'n dag eers so begin dat jy nie eers in vrede kan skeer nie, hoe gaan hy eindig?

By die gevangenis waar hy die dag tevore was, wag Kaptein en die tronkbewaarder op hom.

"Kom sit, Zaine, ons het slegte nuus. Ek sou jou nie gekontak het as dit hiervoor was nie."

Zaine sien die enkele vel papier in Kaptein se hand. Hy neem dit stadig en kyk verward na die twee mans.

"Lees dit en jy sal beter verstaan."

Zaine maak die brief oop en sy oë gaan haastig oor die geskrewe woorde. Hy laat dit sak en kyk af na sy skoene.

"Hoe laat is hy gevind?"

Hy hoor hoe die bewaarder antwoord en knik.

"Laat weet my wanneer ek sy liggaam kan kom opeis sodat ek hom kan begrawe. Hy het op homself wraak geneem want hy kon nie met sy gewete saamlewe nie. Nogtans bly hy my bloed en ek sal hom begrawe na alles wat hy gedoen het. Dankie dat julle my laat weet het. Verskoon my, asseblief."

Kaptein knik en kyk hom stil agterna toe hy by die kantoor uitstap. Hoe het hy uitgevind dat die moordenaar sy eie bloedbroer is of het hy al die tyd dit geweet? Hy sal wel later uitvind.

Kaptein knik in die bewaarder se rigting voor hy haastig agter Zaine aanstap.

"Zaine, wag!" Hy sien hoe Zaine omswaai en die woede op sy gesig duidelik sigbaar is.

"Nie nou nie Kaptein, later. Ek het nie nou krag hiervoor nie."

Kaptein lig sy hand en skud sy kop. "Ek wil maar net sê dat as jy hulp nodig het met alle reëlings, ek jou sal help en dat jy 'n week se verlof het vanaf vandag."

Zaine skud sy kop. "Ek sien u Maandag wanneer ek vir diens sal aanmeld. Dankie, Kaptein, ek waardeer dit. Tot later."

Kaptein kyk die stil figuur agterna en skud sy kop. Aardjie na sy vaartjie. Hy stap die lang gang af na buite en by sy motor gaan hy eers staan om vars lug te skep. Dit was 'n skok om uit te vind dat die moordenaar van sy dogter en ander slagoffers een van sy beste manne se tweelingbroer was! En Zaine het onwetend sy eie broere in hegtenis geneem! Vreemde goed het gebeur.

Zaine stop voor die gewelhuis en klim uit. Hy moet vir Sunny vra om 'n sesvoetgraf te grou en vir Sannah om die eetgoed en drinkgoed reg te kry sodra hy weet vir wanneer. Hy tref vir Sunny by die swembad aan waar hy besig is om dit skoon te maak. Die ou gesig helder sommer op toe hy nadergedraf kom om hom te groet. Hulle ruil nuus uit en dan kug Zaine.

"Sunny, jy moet in die kerkhoffie 'n graf gaan grawe. Hier gaan iemand begrawe word. Ek is nog nie seker wanneer nie, maar sodra ek meer inligting het, sal ek julle laat weet. Is ou Sannah in die kombuis?"

Zaine hoor hoe die ou man met sy tong klik en dan stadig sy kop knik. Zaine groet voor hy na die kombuis stap en vir Sannah voor die stoof sien werskaf. Sy skrik eers en gil dan voor sy hom om die nek gryp en styf teen haar aandruk.

"Jy sluip hier op die donker werf in en uit sonder om eers te kom groet en dan kom jy my skrikmaak helder oordag! Skaam jou om dit so aan my te doen!"

Zaine glimlag skeef en skud sy kop. "Jammer, Sannah, ek was bietjie haastig. Vandag kom ek jou 'n groot gunsie vra. Kan jy asseblief eet- en drinkgoed regkry vir 'n begrafnis? Ek is nog nie seker wanneer nie, maar ek laat jou weet sodra ek inligting het."

Hy sien hoe sy hom stip dophou en dan stadig haar kop knik terwyl sy haar tong bly klik.

"Nou soek ek van jou boerebeskuit en heerlike koffie voor ek weer moet ry. Groot asseblief, Sannah."

Hy trek 'n stoel by die tafel uit en hulle begin om nuus uit te ruil. Lank nadat hy sy koffie en beskuit genuttig het, staan hy op en groet haar voor hy na sy motor stap. Hulle is nog die enigste rede hoekom hy die plaas behou het. Sannah het hom grootgemaak en hy kan nie hulle na al die jare van diens in die pad steek nie.

Hy hou voor Teresa se woning stil en klim stadig uit. Oom Danie kom uitgestap en hy sien die kommer op die man se gesig.

”Dag, ou seun. Ek wou jou al geskakel het, maar ek was verbied. Teresa is al van gister af in haar kamer en sy weier om uit te kom. Ek is bekommerd oor haar. Miskien kan jy met haar iets regkry want ek is al moedeloos gesoebat.”

Zaine voel hoe sy maag saamtrek en knik. Hy stap sonder ‘n woord na die agterste kamer en klop liggies aan.

”Teresa, dit is ek. Maak asseblief die deur oop sodat ek met jou kan gesels?”

Hy luister fyn om te hoor of sy reageer en sug toe hy eindelik die deur se sleutel hoor draai en die deur klik om oop te gaan.

Hy kyk na haar rooi, geswelde oë en die traanstrepe op haar wange.

”Gaan was jou gesig, trek vir jou skoene aan en kom saam my. Daar is iets wat ek jou moet vertel.”

Zaine sug net saggies toe sy net stil knik en by hom verbyskuur om na die badkamer toe te stap. Hy stap na die sitkamer en sien hoe oom Danie hom vraend aankyk.

”Sy sal nou hier wees, oom Danie. Ek gaan haar vir ‘n wyle moet leen. Ek belowe ons sal nie te ver gaan nie en dat ek haar veilig terug sal bring.”

Oom Danie knik net en wys hy moet sit. Hulle gesels ‘n wyle voor Teresa stil by hulle aansluit.

”Ek is reg om te gaan, Zaine.”

Hy staan op, neem haar sag aan die hand en lei haar by die voordeur uit. Hulle stap in stilte na die rivier en onder ‘n groot wilgerboom gaan hulle sit.

Zaine hou steeds haar hand sag in syne terwyl hy met sy verhaal begin.

”Dit is waarheen ek gister was en vandag moes ek die tyding kry my broer is dood. Hy het homself gehang en nou sal ek nooit met hom kan vrede maak nie. Ek vra dat jy my asseblief vergewe omdat ek jou in die steek gelaat het gister, maar ek moes eenvoudig antwoorde vind by hom.”

Sy kyk hom lank ongelowig aan en trek haar hand vinnig uit syne.

“Probeer jy die gek met my skeer, Zaine? Dink jy ek is so dom om die flou verskoning te glo?”

Hoofstuk 16

Hy haal die brief van sy broer uit sy sak voor hy dit aan haar oorhandig.

"Miskien kan dit jou oortuig."

Sy kyk na die vel papier in sy hand. Versigtig neem sy dit en begin lees. Toe sy klaar is, gee sy dit aan hom terug. Goed, sy het dit nie verwag nie. Sy kyk weer na die man wat langs haar na die natuurprag om hulle staar.

"Goed, ek glo jou, maar jy kon my gister al daarvan vertel het. Dalk kon ek saam jou gegaan het. Zaine. Ek weet nie hoekom nie, maar ek het 'n baie sagte plekkie vir jou in my hart gekry."

Zaine kyk haar teer aan. Hy moet erken hy voel ook so oor haar.

"En ek vir jou, meisie, maar gee my eers kans om dinge uit te werk voor ons dieper gesels. Kom, ek vat jou terug sodat ek met die nodige reëlings kan begin. Ek sal jou weer kom besoek. Laat hierdie donker tyd eers verbygaan, assebief."

Sy knik stadig en druk sy hand sag. "Gaan jy omgee as ek by jou wil staan in hierdie donker tyd waarna jy verwys?"

Hy glimlag bly en skud sy kop. Hulle staan op en begin terugstap na die huis tussen die bome. Zaine sien die oom op die stoep sit en stap eers nader om tot siens te sê voor hy vertrek. By sy woonstel plons hy uitgeput op die bank neer en sluit sy oë. Hy het nog 'n tawwe pad om te stap. Skielik lui sy foon en is verbaas toe hy Maddy se nommer sien. Hy kreun innerlik voor hy tóg die oproep beantwoord.

"Zaine, ek sit by Kaptein en ek kan nie glo wat hy my so pas vertel het nie. Ek wil dit graag van jou af hoor want dit klink nie vir my heeltemal reg nie. Kan jy gou ..."

Zaine breek vinnig in. "Jammer, Maddy, ek is uitgeput en het nog baie om te doen. Ons kan almal môre gesels voor ons met enige saak begin. Ek het nie nou die krag nie. Sien jou môre op kantoor."

Hy druk die foon dood en sit dit dadelik af. Hy sien nie kans om verder gesteur te word nie. Hy is regtig uitgeput en voel asof hy vir 'n hele jaar aanmekaar kan slaap. Hy strek hom uit op die bank en voor hy mooi besef wat om hom aangaan, sit hy in droomland se wolkies.

Dit is net na vieruur Maandagoggend toe Zaine skielik regop sit. Hy sit sy foon aan en sien dat hy nog genoeg tyd het om klaar te maak voor hy werk toe gaan. Nadat hy vars is na die stort en skeer, stap hy by die deur uit. Wat wag vandag op hom? Hy klim in sy motor en ry in die stasie se rigting. Dit is gelukkig nog vroeg toe hy sy kantoor instap en hy is dankbaar want hy weet die oomblik as Maddy en Kaptein hier instap, is sy dag nie meer syne nie. Hy begin van sy papierwerk opvang toe Maddy skielik agter hom praat.

"Ek het verwag dat jy my sou vertrou om jou geheime met my te deel nadat jy myne moes uitvind. Ons is kollegas en ek het gedink groot maats ook, maar lyk my ek was verkeerd. Jy sal niemand vertrou of in jou lewe toelaat nie. Geen wonder jy is nog enkel nie want jy kan nie eers jouself in die samelewing vertrou nie."

Zain krap sy slaap nadenkend en draai stadig sy stoel om na haar.

"Glo my, ek het self niks geweet tot onlangs toe nie. Ek is ook nie baie trots om 'n moordenaar se broer te wees nie. Tóg was hy my broer en ek kan niks aan die saak verander nie. Kruisig my omdat ek 'n swakheid het om alleen te wees want ek het 'n hekel aan 'n alewige getwis. Dit is nie vir my maklik om alles net so te verduidelik nie, veral in die werksplek want mense is geneig om jou agter jou rug te beskinder en sleg te maak. Wat jou geheim betref, ek sal nie daaroor uitpraat nie. Dit is jou lewe buite hierdie mure en ek respekteer dit. Kan ons nou asseblief die saak daar laat en op die werk konsentreer? Hier is 'n nuwe saak wat ons moet ondersoek. Hier, kyk self."

Maddy gryp die lêer uit sy hande en gooi dit hard op die tafel neer.

"Die saak kan eenkant staan en wag. Ons het 'n groter saak om uit te pluis en dit is jou saak! Ons werk nie aan 'n ander saak voor jou saak nie opgeklaar is nie. Begin vertel, ek wag."

Hy slaan sy oë neer en druk sy vuiste in sy broek se sakke. Moet hy werklik weer die hele onaangename gebeure verduidelik?

Hy begin haar te vertel terwyl hy by die venster uitstaar. Nadat hy klaar is, draai hy om en sien dat sy wasbleek in haar gesig is.

"Verstaan jy nou hoekom ek jou nie wou vertel het nie. Hoe dink jy moet ek voel as dit jou so ontstel?"

Maddy skud haar kop en gaan op haar stoel oorkant hom sit.

"Ek is jammer, Zaine, ek het gedink dit is een of ander siek grap. Kaptein is reg, jy moet 'n paar dae verlof neem. Gaan kry jou kop skoon en kom dan terug."

Hy skud sy kop en gaan in sy stoel sit.

"As Kaptein nie verlof geneem het om oor sy dogter se dood te rou nie, gaan ek ook nie. Kom nou, ons het werk om te doen. Vergeet nou van alles en begin deur die saak gaan."

Maddy sug en skud haar kop. Sy sal nooit hierdie man kan verstaan nie. In haar hart sal sy altyd die geheim van haar ware gevoelens oor hom bewaar. Sy het aanvaar dat hy nie te vinde is vir enige tipe verhouding nie. Stadig begin sy deur die nuwe saak werk en sy sien dat hy ook verdiep geraak het in die papiere voor hom. Sy kan nog steeds nie glo dat hy in hierdie kort rukkie meer as net sy waardes verloor het nie. Vir hom is familie nou alles en nou is sy enigste broer dood. Hoe hard moet dit nie vir hom wees nie!

Later daardie middag lui Zaine se foon en Maddy sien hoe sy gesig in graniet verander.

"Goed, dankie. Ek sal u oor 'n paar minute sien. Dankie dat u my laat weet het."

Hy lui af en staan dadelik op. "Ek moet dringend iewers heen gaan. Sien jou môre op kantoor."

Maddy kan net haar kop skud toe sy hom agternastaar. Wat is nou so dringend dat hy die res van die middag uit kantoor sal wees? Dan onthou sy van sy broer en alles ys in haar. Hy kon haar dit vertel het! Hoe dom kan sy wees! Sy spring op en hardloop agter hom die gang af.

"Wag, ek gaan saam met jou!"

Zaine draai skielik om en skud sy kop. "Ongelukkig moet ek die ding alleen afhandel. Gaan huis toe, Andrew het jou nodig."

Sy steek in haar spore vas en kan net toekyk hoe hy in sy motor klim en wegry.

Dit is reeds skemer toe Zaine uiteindelik by die woonstel instap. Alles is afgehandel en die begrafnis vind reeds môre plaas. Hoe gouer dit afgehandel kom, hoe gouer kan hy die drade optel en met sy lewe voortgaan. Hy plons in die bank neer en vryf oor sy gesig. Môre moet net aanbreek en gou agter die rug kom. Miskien moet hy verlof neem en net sy kop gaan skoon kry.

Die oggend staan Zaine op en gaan eers kantoor toe om alles daar af te handel voor hy uitgaan plaas toe vir die begrafnis van sy broer. Op die plaas is Sannah en Sunny druk besig om alles betyds klaar te kry. Die prediker en sy vrou hou voor die deur stil en eers toe die kis in die grond is, voel Zaine hoe elke bietjie krag uit sy liggaam vloei. Hy is uitgeput, tog is hy dankbaar dat dit afgehandel is. Die prediker en sy vrou het van die eetgoedjies genuttig saam met tee en koffie voor hulle vertrek het. Nou is sy broer langs hulle pa begrawe. Die ironie van die saak is dat hulle nie mekaar geken het nie. Miskien in die lewe hierna sal hulle mekaar leer ken.

Hy hoor 'n voertuig op die werf stilhou. Dit is 'n man in 'n deftige pak klere. Hy stap nader en sien hoe die man na alles om hom staar.

"Kan ek help?"

Die man grynslag en skud sy kop. "Ek glo nie jy kan my help nie, maar ek kan jou beslis help. Jy is mos Zaine de Koker, nè?"

Zaine knik. Wie is die man en wat soek hy hier?

Hoofstuk 17

”Waarmee kan ek help, meneer, uh ..? ”Die man glimlag en haal 'n swart aktetas uit die motor voor hy nader staan.

”Ek is Pieter Smit, Johan de Koker se prokureur. Ek het in die koerant gelees van sy dood. My innige meegevoel. Mag ons iewers privaat gaan gesels?”

Zaine kyk die man stip aan. ”As u nie omgee nie, meneer Smit, ek is uitgeput en nie nou lus vir enige geselskap nie.”

Die man staan regop en weier om toe te gee. ”Ongelukkig kan dit nie wag nie. Die saak moet afgehandel word.”

Zaine wys moedeloos met sy hand na die stoep waar hulle kan sit en gesels. Pieter neem langs die tafel plaas en haal dokumente uit die tas wat hy aan Zaine oorhandig.

“Dit is u broer se testament en ook ander dokumente wat u direk raak. Soos u kan sien, bemaak hy alles aan u sou iets met hom gebeur op die voorwaarde dat u sy wense nakom. Hy het twee versoeke gerig. Een is dat u julle moeder se as oor die plaas sal uitstrooi en die ander versoek is dat u julle moeder se huis nie mag verkoop nie en dit slegs mag uitverhuur. Sy polisse en ander bates is nou u s'n en u kan daarmee maak net wat u wil.”

Zaine kyk na alles wat daar genoem word voor hy opstaan en na die lae muurtjie beweeg. Met sy een voet gaan hy op die muurtjie staan en rus met sy arms op sy knieg.

Hoekom het sy broer dit gedoen? Hom eers laat bloed ruik en nou skielik alles aan hom bemaak? Hy is bly hy kan sy moeder se oorskot, al is dit as, hier oor die plaas kom strooi waar sy hoort. Maar hy weet nie eers hoe die huis lyk nie! Hy draai stadig om en kyk die man in die donker pak klere stil aan.

”Nou goed, ek stel u aan om die huis te verhuur. Die ander bates en polisse se geld word tussen die slagoffers se familie verdeel, ek wil geen deel daarvan hê nie. Is die saak nou afgehandel? Ek het ander afsprake wat nagekom moet word wat nie langer kan wag nie.”

Die man knik en wys waar Zaine moet teken voor hy alles in die tas pak, sy hand uitsteek en hom groet.

”U moeder se as is in my motor. As u saam my sal stap, asseblief?”

Hy ontvang die blink silwerhouer en kyk die motor lank agterna. Hy stap na die kerkhof en plaas die houer op sy pa se graf voor hy omdraai en wegstap.

Daardie middag sit hy langs Teresa op hulle stoep en die stilte hang tussen hulle. Hy voel haar krag wat sy na hom uitstuur en hy drink dit soos 'n spons op. Vandag was 'n lang en deurmekaar dag. Dit het hom emosioneel getap.

Nou sit hy so rustig langs 'n pragtige meisie en daar is geen woorde tussen hulle nie, net die uitgerekte stilte. Is dit hoe dit voel om jou sielsgenoot langs jou te hê waar woorde nie saakmaak nie. Geen niks nie, behalwe julle samesyn? Hy voel haar kop sag op sy skouer rus en haar fyn handjie in syne kruip.

"Zaine, ek wil saam jou oud word en die jare saam met jou stap. Met alles wat jy moet deurmaak, wil ek aan jou sy wees. Jou trane, jou lag, jou hartseer en jou geluk, in alles wil ek langs jou sy wees en vir jou 'n warm huis bied om na terug te keer elke dag. Sien jy kans daarvoor?"

Hy kyk sag na die meisie langs hom en weet dat sy hart het nou 'n tuiste gevind. Ja, 'n veilige hawe waar hy anker kan gooi elke aand.

"Wil jy my voorspring deur my eerste te vra om te trou? Ek het dan altyd gedink dit is die man wat die vrawerk moet doen?" skerts hy.

Sy trek haar sagte lippe op 'n tuit en skud stadig haar kop.

"Nee, ek vra jou nie om met my te trou nie, maar ek wil hê dat jy weet hoe ek voel. Jy kan my vra sodra jy reg is eendag. Net nie wanneer ons grys en reeds oud is nie. Reg so?" skerts sy terug.

Hy voel hoe die warmte in sy hart kom lê en knik dan stadig voor hy sag haar lippe opeis. Dit waarteen hy nog altyd gestry het, verswelg hom nou. Net die toekoms sal weet wat vir hulle voorlê.

Op hierdie oomblik is hy gelukkig en het daar vrede in sy deurmekaar gemoed gekom.

Die einde

www.ingramcontent.com/pod-product-compliance
Lightning Source LLC
Chambersburg PA
CBHW071948120726
48001CB00005B/2088